给母亲打电话

Gei Mu Qin Da Dian Hua

赵丽宏

著

长江出版传媒
长江文艺出版社

这真是一场惊心动魄的拼搏！当那摞碗又剧烈地晃动起来时，少年轻轻抖了一下脑袋，终于把碗稳住了。全场响起了暴风雨般的掌声。

孩子在河里游泳的景象多么美妙，小小的脑袋在起伏的水面上浮动，像一些黑色的花朵正在快乐地开放。

月光洒落在长江里，江面被照亮了，流动的江水中，有千点万点晶莹闪烁的光斑在跳动。

电话里，传来母亲一遍又一遍的叮嘱："你别熬夜，早点睡啊。"世界上，有什么比母亲的声音更温暖更珍贵呢！

真的，我真想像你们一样，为了心中的信念，毕生飞翔，毕生拼搏。

使我难忘的是夕照中的景象，在绚烂的晚霞里，银色的芦花变成了金红色的一片，仿佛随风蔓延的火苗，在大地和江海的交界地带熊熊燃烧。

为我们点燃了温暖的灯

冷玉斌

全国"百班千人"总导师

"国培计划"北京大学小学语文课程开发及教学指导专家

    《给母亲打电话》收录了赵丽宏先生二十余篇精美散文，这组散文不仅有充满哲思的风景游历佳作，还有记述了其成长经历以及与亲人间故事的动人篇章。赵丽宏先生《在急流中》一文中这样写道：

    在贝江上见到的这一幕，我很难忘记。急流中那位驾筏少妇安详的神态，坚定的眼神，奋力划桨的动作，还有她那在襁褓中安睡的孩子，这一切，组合成一幅感人的图画，留存在我的记忆中，再也不会消失。在城市人声喧嚣的天地里，有几个人能像她那样勇敢沉着地面对生活的急流呢？

    在我读来，这极好地代表了这本散文的内容与写作特色。赵先生总是能抓住生活中某个瞬间，这个瞬间可能是特别的，比如异国经历，那毕竟不是人人可以遭遇；更多是平常的，比如江上少妇急流之中奋力划桨自然是她一贯所为，即使身上还背着孩子，赵先生总是能从这样的平常之中，感受到很多特别的东西，我觉得这恰恰就是"成长"的真谛——成长，不总是异于常人的表现与过程，而就是在平常之中的积淀与升华。赵先生看见了这些，在他的眼里，这些是"成长"，而赵先生"看见"本身，于他何尝不也是一种"成长"？

就像上一段话里，这个瞬间化作一幅感人的图画，留存在赵先生记忆中，之所以如此牢牢记得，是因为他从少妇身上看到了力量，看到了勇敢，更由这江水急流想到了生活里的浮浮沉沉，于是，对少妇的激赏，也就成了对他人的感染，对自我的激励，少妇这一刻的姿态立刻会像一尊朴实又庄严的雕塑刻在读者心里。我在想，不管有几个人能像少妇那样，在读了这篇文章之后，哪怕只有一个人领受且获得了面对生活的勇气和坚毅，那么，这就是"成长"。

说到"图画"，不能不说，赵丽宏先生的散文往往有画意，很有可能，这正是阅读中常常能与他一同"看见"的由头。仍以上篇为例，在此之前，赵先生是这么描写的：

我向前方望去，只觉得眼帘中一亮。急流汹涌的江面上，远远地出现了一只小筏子，就像一只灵巧的小蜻蜓，落在水里拼命挣扎着逆流而上。划竹筏的好像是一个女人，因为远，看不清她的面容，只见她双手不停地划桨，驾驭着筏子，灵巧地避开浅滩和礁石，在湍急多变的江水中曲折前行。她的身后背着一个红色的包裹，远远看去，像一朵随波漂流的红杜鹃。

江面、急流、竹筏、女人，浩大的天地间这一切若就此定格，该是一幅怎样波澜壮阔的中国画，那"随波漂流的红杜鹃"，又是画上最明亮也最慑人的一抹，刹那间将所有的视线吸引过去。

文字如何带出画意？阅读赵先生散文，再经常揣摩，必有收获，如善用精妙的比喻，化陌生的事物为鲜明的形象，一只小筏子，"就像一只灵巧的小蜻蜓""南京路上密密麻麻的人头如同夏日麦田里随风摇动的麦穗"；还有笔触细腻的描写，让人身临其境，赵先生对人事物理的观察，总能细致入微，落于纸上也就纤毫毕现：

孩子在河里游泳的景象多么美妙，小小的脑袋在起伏的水面上浮动，像一些黑色的花朵正在快乐地开放。他们常常放开喉咙在喊叫，急促的声音带着一些惊奇，也带着一些紧张，在水面上跳动回旋。这是世界上最快乐的声音。

阅读这样的文字，不单是在欣赏着一幅快活的童子嬉水图，而且，仿佛于这字里行间，已经听到孩子们"最快乐的声音"，这是一幅画，是一幅活的画。推而言之，不仅段落，本书中如《小鸟，你飞向何方》，阅读下来，你必然会欣赏到生活里不断涌现的一处又一处灵动画作，这样的一篇作品，简直是一部时间的画册，"小鸟"，既是诗集之喻，也是生活之趣，更是藏在作者心底的青春之忆——成长，不就正在这样底色清晰、历久弥新的画面里吗？

本书的怀人、记事篇章颇为动人，其中我印象极深者如《美人鱼和白崖》《看望巴金》《水迹的故事》《给母亲打电话》《二寸之间》。在这一本书里，小读者能看见赵丽宏先生写作中对"成长"的把握，还能看见他个人成长的源头与内涵。

这里面是不是也有一些秘密呢？

我想是有的。

赵先生在《学步》里写道：

生命的过程，大概就是学步和寻路的过程，儿子啊，你要勇敢地走，脚踏实地地走。

讲的是儿子"学步"，应该也是赵先生的夫子自道，再联想到《给母亲打电话》中母亲对他默默的关心以及他对母亲的牵挂。成长的秘密，不过如此，一在学步与寻路，二在勇敢并脚踏实地，还有就是人心温暖人间真情。

谁说不是呢？这朴素的文字，似乎有千钧之力，安定人心，指引方向，同样"为我们点燃了温暖的灯"。

所有这些，就让我们在这本书里，慢慢体会。

目录

顶碗少年

峡中渔人

他们站在万仞绝壁下，面对着急流滚滚的江水。凶猛的潮头打在他们脚下的礁石上，溅起几丈高的雪花；险恶的漩涡在离他们几尺远的地方打转儿……他们手中是渔网：一根长长的竹竿上，安着一个一尺多围圆的网，比孩子们捕捉蝴蝶的网稍大一些。他们不停地抢动渔网，迎着呼啸而来的江水……

在长江三峡中第一次见到他们，我就深深地感到惊奇：他们在干什么？捕鱼！有这样捕鱼的么？

船在巫峡中靠岸小泊时，我曾在很近的地方观察过一位这样的渔人。虽然相距咫尺，我却无法走到他身边去，我们之间隔着一道湍急的水流。他那里几乎无立锥之地。只有几块笋尖似的露出水面的岩石可供他立脚。身后是向外倾斜的峭壁，连坐下来歇一下的条件都没有，假如不小心失足，就会被无情的急流卷走。为了保险，他用麻绳的一头绕在背后的岩石上，一头缚在自己的胸前。在险恶的环境和轰然作响的水声中，他全神贯注地劳作着。

我在他背后默默地观察他。他一网一网费劲地在急流中舀着，手臂和背部的每一块肌肉都在紧张地颤动。一网、两网……我为他数着，整整八十网，没有任何收获，连一尾小鱼一只虾米也没有！直到我离开，他依然一无所获。

我纳闷了：这样的冒险，这样的徒劳值得么？我钦佩他们的勇气和毅力，但我无法理解他们。

同船的一位诗人，是有名的"三峡通"，对这数百里峡江的山水人物了如指掌。他告诉我："别看他们不断落空，假如碰上鱼的话，可不是一条两条，而是成百上千斤呐！这鱼有意思了，逆流而上，水越急，它们游得越起劲，鱼群常常一排就是十里八里。这时，舀一网就是十几斤，一连舀上几个小时，网网不会落空，直舀到打鱼人筋疲力尽，瘫倒在江边！"

"这是什么鱼呢？"

"什么鱼，那就说不清楚了。也许，什么鱼都有吧，所有的鱼都喜欢逆水游泳哩！照渔人的说法，是三峡里风景好，下游的鱼儿都想上来看看！"

他讲得像神话一般，可我都相信了。我想，如果没有这种诱惑，三峡中怎么会有这些奇特的渔人呢！

这是一种诱惑么？诱惑，这个带些贬义的词儿也许用得不妥帖。但这些逆流而上的鱼群，对临江而渔的人们确实是一种不可抗拒的吸引力，是他们寻求的目标。这目标，隐藏在终日奔腾不息的滚滚急流中，无法预料它何时临近、何时出现。为了追求这目标，必须有惊人的毅力，有锲而不舍的恒心。早就听说生活在三峡中的人都有坚忍顽强的性格，从这些渔人身上，便可见其一斑了。

　　真的，在奇峰夹岸的峡江中走了几百里，见到了不少的渔人，其中有白发老者，也有童子少年，我没有见到哪一位渔人捕到一条鱼，可我也从未见到他们有谁露出沮丧抱怨的表情，他们只是迎着汹涌咆哮的急流，沉着地，耐心地，一网一网地舀，一网一网地舀……

三峡船夫曲

　　谁也无法用一句话概括三峡水流的特点。浩浩荡荡的长江挤进窄窄的夔门之后，脾气就变得暴躁、凶险、喜怒无常，不可捉摸了。你看那浑浊湍急的流水，时而惊涛迭起，时而浪花飞卷，时而一泻千里如狂奔的野马群，时而又在峡壁和礁石间急速地迂回，发出声震峡谷的呐喊。有时候，水面突然消失了波浪，像绷得紧紧的鼓皮，然而这绝不是平静的象征，在这层鼓皮之下，潜伏着危险的暗礁和急流。而最多、最可怕的，是漩涡，像无数大大小小的眼睛，在起伏的江面滴溜溜地打转，到处都闪烁着它们那险恶的目光……

你想想那些三峡船夫吧，驾着一叶扁舟，靠手中的竹篙、木桨，要征服狂暴不羁的江水，那该是何等惊心动魄的景象。其惊险的程度，绝不亚于在黄河上驾羊皮筏子，不亚于在大渡河的急流中放木排。

第一次见到三峡中的船夫是在水流湍急的西陵峡，那是一条摆渡船，尽管距离很远，看不真切，但那拼命搏斗的紧张气氛，还是强烈地震撼了我的心。小船横在江中，看上去那么小，小得就像一片枯叶、一根稻草，似乎每一个浪头都能吞没它。船上一前一后两个船工，每人操一支桨，一个在右，一个在左，拼命地划着。只见他们身体前倾，像两把坚韧的强弓，两支桨齐刷刷地落下去，飞起来，落下去，飞起来，仿佛一对有力的翅膀，不断地拍打着波涛滚滚的江面。在气势磅礴的峡江中，他们的翅膀是太微不足道了，随时都有折断的可能，他们能飞过去么？然而我的担心多余了，没等我们的轮船靠近，小木船已经到了对岸……

在巫峡，遇到一只顺流而下的小划子，那情景更是惊心动魄。小划子远远出现了，像一只小小的黑甲虫，急匆匆地、慌里慌张地贴着江面爬过来——说它急匆匆，是因为它速度极快；说它慌里慌张，是因为它走得毫无规律，一忽儿左，一忽儿右，常常莫名其妙地拐弯绕圈子。很快就看清楚了，小划子上头，稳稳地站着一位手持长篙的船夫，船中端坐着六位乘客，船尾还有一位船夫，一手扶一把既像橹又像舵的尾桨，一手掌一支木桨。小划子在急流和波谷浪山中灵巧地滑行，时而从浪的缝隙中穿过，时而又攀上高高的潮头。真是冒险呵，这单薄可怜的小划子，在急流中箭一般冲下来，根本无法停住，随时都可能被峡壁礁滩撞碎，随时都可能卷入接连不断的漩涡中，随时都可能被大山一般的浪峰一口吞没，被巨剑一般的急流拦腰砍断……船夫却镇静得如履平地。那位在船头手持长篙的船夫纹丝不动地站着，像跃马横枪率领着万千兵马冲锋陷阵的大将军，又像彪悍勇猛的牧人，扬鞭策马，驱赶着一大群狂奔狂啸的黄色野马。野马群发狂般地撞他、挤他、踢他、咬他，想把他从坐骑上拉下来，然而终于无法得逞。有时候，飞速前进的小划子眼看要撞到凸出的峡岩上，只见他挥舞竹篙奋力一点，小划子便轻轻一摆，转危为安。船尾那位船夫要忙一些，他不时划动双桨，巧妙地改换着前进的方向，在变化无穷的急流中觅得一条安全的航线。而那六位舱中的乘客，一个个正襟危坐，一动不敢动。我看不清他们的表情，但我能想见他们脸上惊慌的神色。在航行中，他们是不许有任何动作的，任何微小的颠动，都可能使小划子因为失去平衡而翻覆。如果遇到不安分的乘客在舱里乱动，船夫的竹篙会狠狠地当头打来，打得头破血流也是活该。倘若你不服，继续捣乱，船夫就要大喝一声，毫不留情地用竹篙把你戳下水去，这是捏着性命在凶恶的急流中搏斗呵！

　　小划子在轰隆隆的水声中一晃而过，很快就消失在峡谷的拐弯处。我凝视着起伏不平的江面，一遍又一遍回想着船夫在万般艰险中镇定自若的姿态，心里怎么也平静不下来。无数漩涡，在小划子经过的航道上打着转转，这些永远不会安然闭上的不怀好意的眼睛，似乎正在狡猾地眨动着，还在用谁也无法听懂的语言描绘着水底下的秘密。哦，只有三峡船夫懂得这些语言！我知道，在三峡中行船，除了勇敢，除了沉着，最关键的，还是对航道和水流的熟悉。据说，在三峡驾驭小划子的船夫，对水底的每一块礁石，每一片浅滩，都是了如指掌。为了摸清水底的状况，为了在极其复杂的急流中寻到一条能被小木船通过的安全之路，一定有不计其数的船夫付出了生命的代价！

西陵峡有一块巨大的礁石，兀立在滚滚急流中。奔泻的潮水整天凶狠地拍打着它，飞溅起漫天雪浪，小船如果撞上去，非粉身碎骨不可。这礁石有一个奇怪的名字：对我来。当浪花散开，人们就会看到"对我来"三个大字触目惊心地刻在这块礁石上，这礁石周围的水流险恶而奇特，小船从它身旁经过时，倘若想绕开它，结果总是适得其反，船儿会不可阻挡地向礁石一头撞去，撞得船碎人亡。如果顺急流迎面向礁石冲去，不要躲避它，不要害怕它，船到礁石前，却能顺利地拐个弯从旁边擦去。不过，这千钧一发的险象，懦夫是绝对不敢经历的，只有三峡船夫们，才敢驾着轻舟勇敢地向扑面而来的浪中礁石冲去。"对我来"这三个字，一定是无数船夫用生命换来的经验。也许，可以这样说，小木船在三峡急流中那些曲折而又惊险的航道，是船夫们用智慧，用勇气，用尸骨一米米开拓出来的！

对三峡船夫来说，最为可怕的，大概莫过于暴风雨和洪峰了。突然袭来的暴风雨，能把江面搅得天翻地覆，在被暴风雨鞭打着的惊涛骇浪之中，小舟是很难掌握自己的命运的，如果来不及靠岸躲避，便有可能在暴风雨中葬身江底。假如遇上洪峰，那几乎是无法逃脱的，几丈高的洪峰，像一堵巍巍高墙从上游呼啸着压下来，没有任何东西能够抗拒它、阻挡它，它是船夫们的冷酷无情的死神。然而，奇迹并不是没有发生过，曾经有一些技术高超、勇气过人的船夫，在洪峰扑近的刹那间，驾着小舟瞅准浪的缝隙飞上高高的洪峰之巅，硬是从死神的头顶越了过去……当然，这些都是旧话了，随着科学技术的发展，天气预报和水情预报越来越准确，三峡船夫们再不会去冒这种风险了。

船近神女峰时，所有人都仰头看那位在云里雾里默默地站了千年万年的神女，然而山顶上云飞雾绕，什么也看不清。正在遗憾的时候，突然有人对着前方的江面大叫起来：

"看！小船！女的！"

神女峰下，一只两头尖尖的小划子正在急流中过江，划船的是一位身穿粉红色衬衫的少女，只见她右手划桨，左手掌舵，不慌不忙地向对岸划着，那悠然而又优美的姿态，使所有目击者都惊呆了——这也是三峡船夫么？这也是在险恶的峡江中拼命搏斗的勇士么？然而怀疑是可笑的，小划子在神女峰对面的一片石滩上靠岸了，划船的少女站在一块白色的石岩上，用力地向我们的轮船挥了挥手……

挥一挥手，挥一挥手，向勇敢的三峡船夫挥一挥手吧，但愿他们能在我的挥手之中感受到我的钦佩和敬意。是的，我从心底里深深地向三峡的船夫们致敬，他们，不仅征服了狂放不羁的长江三峡，而且把人类和大自然那种惊心动魄的搏斗，化成了优美的诗篇。他们是真正的诗人。

美人鱼和白崖

　　去丹麦的前一天，我在荷兰的古城代尔夫特散步。这是一个小小的市镇，在欧洲却很有名，因为这里是画家维米尔的故乡。维米尔生活的时代是 17 世纪，他一生居住在这里，从未远足。但他却成为荷兰历史上最伟大的画家之一。三百多年前的教堂，依然屹立在古城的中央，教堂的钟楼高耸云天，钟声响起时，全城都回荡着优美而又古意盎然的金属之音。钟声在古城上空久久飘荡，如晶莹的金属之雨，洒落在每一条小巷，飘入每一扇窗户，仿佛要把人拽回到遥远的古代。

在古老的钟声中，我想起了安徒生。明天，就要去丹麦，要去拜访他的故乡。路边出现一家书店，我走进去，心里生出一个念头：在这里，能否找到安徒生的书？书店门面不大，走进去才发现店堂不小。在书店的童书展柜中，我看到了安徒生童话，堆放了整整一排书架，各种不同的版本，文字版的、绘图版的，荷兰文、丹麦文、英文、法文、德文、瑞典文。我不懂这些文字，但书封皮上的图画，让人一眼就辨别出安徒生名作中的形象：《丑小鸭》《海的女儿》《卖火柴的小女孩》《皇帝的新衣》……一个金发碧眼的小姑娘，正和她母亲一起，站在书柜前翻阅这些书。

钟声还在空中回荡。还没有到丹麦，我已经听见了安徒生的声音。

在大街上

到哥本哈根，第一个停留的地方，是安徒生大街。这是哥本哈根最宽阔的一条大街。街上车流不断，路畔有彩色的老房子，也有高大的现代建筑。人行道上，行人大多目不斜视，步履匆匆。呈现在我眼前的，是现代的生活，和安徒生的时代似乎没有多少联系。安徒生第一次到哥本哈根的时候，才十四岁。一个来自偏僻小城的少年人，面对首都的繁华和热闹的人群，一定手足无措。他是来哥本哈根寻找生活的，他还不知道自己的人生轨迹是何种模样。那时，他大概还没有想过自己要当一个作家，据说他热爱音乐，希望成为一个歌剧演员。安徒生天生好嗓子，唱歌时也懂得用心用情，在皇家剧院试唱时，颇受那里管事人的赏识，剧院是他经常光临的场所。然而好景不长，一次伤风感冒，他的嗓子哑了，原来唱歌时发出的清亮圆润的声音，永远离他而去。

失去了好嗓音，对少年安徒生是一次大苦恼，是一场灾难，他再也无法圆自己当歌唱家的美梦。但少年安徒生的这场灾难，却也是文明人类的幸运，一个伟大的童话作家，因此而有了诞生的可能。试想，如果少年安徒生在歌剧舞台上如鱼得水，赢得赞美和掌声，一步步走向成功，哥本哈根可能会出现一个年轻的歌唱家，他可能会星光灿烂，显赫一时，让和他同时代的人们有机会听到他的歌声。不过毫无疑问，他的歌声和他的名声，将随着岁月的流逝，很快被人们遗忘。好在他失去了好嗓音，因而不得不放弃了做歌唱家的梦。他开始专注于写作，写诗，写小说，写戏剧，也写童话。最后，他发现自己最擅长，也是最能借以表达灵魂中的憧憬和梦想、倾诉内心爱之渴望的文体，是童话。

舞台上少了一个少年歌者，对当时的音乐爱好者来说，其实只是一个小小的损失，安徒生退场，一定还会有别的少年歌手来顶替他，也许比他唱得更好。然而对于丹麦和全世界的孩子们，却因此后福无穷。安徒生即将创造的文学形象，将走进千家万户，给孩子们带来欢乐，带来梦想。他把人间的挚爱和奇幻的异想，像翅膀一样插到每一个读者的心头，让读者和他的童话一起飞，飞向无限遥远美好的所在。他的童话，将叩开孩子们蒙昧的心，将他们引入阔大奇美的世界，多少人生的境界，将因为他的文字而发生美丽的改变。

安徒生的童话，每一篇都不长，却深深地打动了读者，让人垂泪，让人惊愕，让人失笑，也让人思索。他的童话中，有最清澈纯真的童心，也有历尽沧桑后发出的叹息。安徒生的童话，读者并不仅仅是孩子，成年人读这些童话，会读出更深沉的况味。一篇《皇帝的新衣》，有多么奇特的想象力，又有多么幽邃的主题。皇帝的虚荣和愚昧，骗子的聪明和狡诈，童心的纯真和无畏，交织成奇特的故事，人性的弱点和世态的复杂，在短短的故事中被展示得如此生动。这些含义深刻的童话，可以从幼年一直读到老年。作为一个人类历史上影响最大的童话作家，安徒生一生只写了一百六十八篇童话。也许，这样的创作数量，比世界上大多数童话作家的创作数量都要少。他从三十岁开始写童话，连续不断写了四十三年，平均每年创作不到四篇。我认识一些当代的童话作家，年龄并不大，已经创作了千百篇童话，数量已经远远超过了安徒生，但没有多少孩子知道他们。这样的比较，也许没有意义，世界的童话史中，只有一个安徒生，他是无可替代的。

安徒生大街很长，在临近哥本哈根市政厅的人行道上，终于看到一尊安徒生的铜像。

铜铸的安徒生穿着燕尾服，戴着他那顶标志性的礼帽，在一把椅子上正襟危坐。他面目沉静，凝视着他身边车流滚滚的大街。这是一个拘谨严肃的沉思者形象，他的表情中，似乎有几分忧戚。他的目光投向大街的对面，对面是一个古老的儿童游乐场。安徒生在世时，这个儿童游乐场就已经在这个地方。据说，他经常来这里看孩子们玩耍，孩子们活泼的身影和欢乐的嬉闹声，曾给他带来创作的灵感。

我在哥本哈根坐车或者散步时，望着周围的景色，心里常常生出这样的念头：当年，安徒生是不是在这样的景色中寻找到创作的灵感？我发现，这里的房屋，尽管比英国、法国和意大利的建筑看上去要简朴一些，然而色彩却异常鲜艳。每栋房子的颜色都不一样。站在河边的码头上看两岸的建筑，高低起伏，鳞次栉比，五颜六色挤挨在一起，缤纷夺目，就像孩子们的玩具积木，有童话的风格。我不知道是安徒生的童话影响了这里的建筑风格，还是这样的彩色房子给了安徒生创作的灵感。也许，两者兼具。丹麦朋友告诉我，安徒生曾经在河边的这些彩色房子中居住过，那时，每天傍晚，在河边的林荫路上都能看到他瘦长的身影。

哥本哈根是安徒生走向文学，走向童话，走向世界的码头。如今，哥本哈根因安徒生而生辉，安徒生照亮了哥本哈根，照亮了丹麦，这座古老城市的所有光芒，都凝集在这位童话作家的身上。

美人鱼

清晨，海边没有人影，美人鱼雕像静静地坐在海边。

安徒生创造的美人鱼，是人类童话故事中极为美丽动人的形象之一。哥本哈根海边的这座铜像，凝集着安徒生灵魂的寄托。她是美和爱的象征，也已成为丹麦的象征。前几年上海举办世博会，哥本哈根的美人鱼漂洋过海，去了一趟中国。丹麦馆中的美人鱼是上海世博会中最受人欢迎的风景。人们站在美人鱼身边拍照时，感觉就是在丹麦留影，也是和安徒生童话合影。

雕塑的美人鱼，如果不是下身的鱼尾，其实就是生活中的一个可爱的小姑娘。她身体柔美的曲线，她凝视水面的娴静表情，和她背后浅蓝色的大海融合成一体，这是全人类都熟悉的形象，安徒生创造的这个为爱情甘愿承受苦痛，甚至牺牲生命的美丽女子，感动了无数读者。在安徒生的童话中,《海的女儿》是一篇深挚而凄美的作品,读得让人心酸,心痛。其实这也是一篇带有精神自传意味的作品。

在女人面前,安徒生自卑而羞怯,在几种关于安徒生的传记中,我都读到过他苦涩的初恋和失败的求爱。童年时,他曾经喜欢班上唯一的女生,一个叫莎拉的小姑娘,他把莎拉想象成美丽的公主,偷偷地观察她,用自己的幻想美化她,渴望着接近她。这个被安徒生想象成公主的小姑娘,也是贫苦人家的孩子,她的梦想是长大了当一个农场的女管事。安徒生告诉莎拉,公主不应该当什么农场管事,他发誓长大了要把她接到自己的城堡里。听安徒生的这些话,惊愕的小莎拉就像遇到了外星人……这样的初恋,结局是什么呢?安徒生几乎被周围所有的孩子讥讽,甚至遭到富家子弟的打骂。更让他伤心的是,他不仅没有擒获莎拉的芳心,竟也遭到莎拉的嘲笑,小姑娘认为安徒生是个想入非非的小疯子。

安徒生经历过爱情的失意，被拒绝或者被误解，不止一次打击过他，伤害过他。在哥本哈根求学时，他曾经深爱过寄宿房东的女儿，但他始终不敢表白，只是默默地关注她，欣赏她，思念她。直到分手，都未曾透露心中的秘密，最后成为生命记忆中的美和痛。

少年时代我曾经非常喜欢苏俄作家巴乌斯托夫斯基的《金蔷薇》，其中有一篇关于安徒生的故事《夜行的驿车》，是这本书中最动人的篇章。在夜行驿车上，黑暗笼罩着车厢，平时羞涩谦卑的安徒生一反在白日阳光下的羞怯，一路滔滔不绝，和四个同车的女性对话。他以自己的灵动幽默的言语，深邃智慧的见解，还有诗人的浪漫，预言她们的爱情和未来的生活。女人们在黑暗中看不清安徒生的脸，但都被他的谈吐吸引，甚至爱上了他。故事中的一位美丽的贵妇，很明确地向安徒生表白了自己对他的欣赏和爱慕，而安徒生却拒绝了这从天而降的爱情，默默地退回到黑暗中，回到他没有女人陪伴的孤单生活里。这种孤单将终生伴随他。《金蔷薇》中的故事情节，也许是巴乌斯托夫斯基的文学虚构，但这种虚构，是有安徒生的人生印迹作为依据的。

在《海的女儿》中，安徒生化身为小美人鱼，她深爱着王子，却只能默默地观望，无声地思念。为了追求爱，她宁肯牺牲性命。在那篇童话中，美人鱼的死亡和重生，交织在一起，那是一个让人期待又叫人心碎的时刻。安徒生在他的童话中这样结尾："太阳从海里升起来了。阳光柔和地、温暖地照在冰冷的泡沫上，小人鱼并没有感到灭亡。她看到光明的太阳，同时在她上面飞舞着无数透明的、美丽的生物。透过它们，她可以看到船上的白帆和天空的彩云。它们的声音是和谐的音乐……"

人间的真情和美好，有时只能远观而难以接近，只能在心里默默地欣赏、品味、期待，也许永远也无法融入现实的生活。

安徒生逝世前不久，曾对一位年轻的作家说："我为我的童话付出了巨大的代价，我要说，是大得过分了的代价。为了这些童话，我断送了自己的幸福，我错过了时机，当时我应当让想象让位给现实，不管这想象多么有力，多么灿烂光辉。"安徒生的这段话，也出现在巴乌斯托夫斯基的《夜行的驿车》中，是否真实，无法断知。说安徒生是因写童话而错过了爱情，牺牲了自己原本可以得到的幸福，其实并不符合逻辑。安徒生成名后，倾慕他的人不计其数，作为一个成功的男人，他的机会非常多。如果恋爱，成家，生儿育女，未必会断送自己的写作才华。安徒生终身未娶，还是性格所致。

生活中没有恋爱，就在童话中创造迷人的精灵，赞美善良美丽的女性。所以才有了《海的女儿》，有了这永远静静地坐在海边的美人鱼。

美人鱼所在的海边，对面是一个工厂，美人鱼的头顶上，有三个大烟囱。在晴朗的蓝天下，三个大烟囱正冒着淡淡的白烟，就像有人站在美人鱼背后悠闲地抽着雪茄，仰对天空吞云吐雾。对这样一个美妙的雕塑，这三根烟囱是有点煞风景的陪衬和背景。也许，这也是一个暗喻，在这世界上，永远不会有无瑕和完美。

他是个美男子

雨后，石头的路面上天光闪烁，犹如一条波光粼粼的小河，在彩色的小屋间蜿蜒。

这是欧登塞的一条僻静的小街。安徒生就出生在这条小街上，他的家，在小街深处的一个拐角上。几个建筑工人在装修故居，墙面被破开，屋内的景象站在街上就能看见，黄色的墙壁，红色的屋顶，白色的窗户，让人联想到童话的绚烂多彩。安徒生童年住的房子，是否会有这样鲜艳的色彩，让人怀疑。据说安徒生是出生在一张由棺材板搭成的床铺上，他从娘胎中一露面，就开始大声啼哭，声音之大，让所有听见的人都觉得惊奇。在场的一个神父，笑着安慰安徒生的父母，他说："别担心，婴儿的哭声越响，长大后歌声就越优美。"神父怎么也想不到，这个大声啼哭的孩子，长大后会唱出多么美妙的歌。

我站在小街上，想象安徒生童年的生活的情景。一群穿着鲜艳的孩子从我身边走过，一个个金发碧眼，叽叽喳喳地说着我听不懂的话。两个年轻的姑娘带着这些孩子，他们也是来寻找安徒生的。

毫无疑问，童年安徒生曾经在这里生活。他的喜欢读书的鞋匠父亲，他的含辛茹苦的洗衣妇母亲，他儿时的玩伴，他熟悉的邻居，都曾在这条街上来来往往。这是一个流传着女巫和鬼神故事的小镇，人们喜欢在黑夜来临时，在幽暗的灯火中传播那些惊悚的故事。安徒生对这些故事深信不疑，他常常在心里回味这些故事，并且用自己的想象丰富这些故事，让故事生出翅膀，长出尾巴。离安徒生故居不远的地方，可以看到一片树林。小安徒生曾经面对着黑黢黢的树林，幻想着在树林里作怪的妖魔，幻想着这些妖魔正从黑暗中张牙舞爪向他扑过来。有时候，他被自己脑子里出现的念头吓坏了，一路狂奔着逃回家去。

我走在这条小路上，想象着那个被自己的幻想惊吓的孩子，是如何喊叫着在铺着石板的路上跌跌撞撞地奔跑，就像一匹惶然失措的小马驹，不禁哑然失笑。

安徒生的想象力非同寻常，这想象力从他孩提时代已经显露。很多后来创作的童话，就起始于童年时的幻想。他在自己的故事中曾经这样描绘，一个古老的魔箱，盖子会飞起来，里面藏着的东西便随之飞舞，箱子里藏着什么呢，有神秘的思想和温柔的感情，还藏着天地间所有的魅力——大地上的花朵、颜色和声音，芬芳的微风，海洋的涌动，森林的喧哗，爱情的苦痛，儿童的欢笑……安徒生的魔盒，就是在欧登塞的小街和人群中开始有了最初的雏形。

1819 年 9 月 6 日，十四岁的安徒生第一次离开故乡去哥本哈根。一个瘦瘦高高的男孩，手里提着一个包袱，包袱中有他心爱的书和木偶。他的口袋里，装着三十个银毫子。马蹄敲打着石板路，安徒生坐在马车上，眼里含着泪水。小城的教堂、街道和房屋后面的树林在他的眼帘中渐渐变得模糊。回首故乡，还未成年的安徒生，对故乡满怀着依恋和感激，但他对自己远走高飞的计划一点不犹豫，他相信自己的才华会被世界认识，他在那天的日记中写下这样的句子："有一天，当我变得伟大的时候，我一定要歌颂欧登塞。"他在日记中大胆地遐想着："有一天，我将成为这个高贵城市的一个奇迹，为什么不可能呢？那时候，在历史和地理书中，在欧登塞的名字下，将会出现这样一行字——'一个名叫安徒生的丹麦诗人，在这里出生'！"

十四岁的安徒生，将自己的未来的身份定位为诗人。那时，他还没有写童话。安徒生年轻时代写过很多诗歌，成为当时丹麦诗坛的一颗新星。但他最终以童话扬名世界。他的童话，每一篇都饱含诗意，从本质上说，安徒生终生都是一个诗人。

安徒生十四岁时的预言，早已成为现实，安徒生这个名字辉煌的程度，远远超出他的预期。安徒生是欧登塞的骄傲，这个原本籍籍无名的小镇，因为安徒生而成为世界名城。到丹麦来的人，谁不想到这里来看一下。

和安徒生故居连在一起的，是安徒生博物馆。这是让全世界孩子向往的一个博物馆，也是让所有的作家都自叹不如的博物馆。

安徒生博物馆中，有一个陈列安徒生作品的图书馆，四壁的大书橱里，放满了被翻译成各种语言的安徒生童话。安徒生创作的故事，经过翻译，传播到世界的每一个角落，从欧洲、亚洲，到美洲、非洲，国家无论大小，只要那里有文字，有书，有孩子，就有安徒生童话。他的书，到底有多少译本，有多少种类，已经无法统计。在这些书柜中，我看到来自中国各地出版社的很多种安徒生童话的中文译本，从 20 世纪 30 年代，一直到最近几年的新译本。我读过多种关于安徒生童话的相关资料，有说安徒生童话的译本在全世界有二百多种语言，有说是八十多种语言，不同的数据落差很大。人类一共有多少种文字，谁也说不清楚，不过我相信，大多数还在使用的文字，都会有安徒生童话的译本。这里的统计数字，大概也不会精确。如果安徒生活过来，走进这个图书馆，他也许会受到惊吓。面对着这么多来自世界各地的安徒生童话，其中大多数文字是他不认识的。

安徒生博物馆的标记，是一个圆形的剪纸人脸，样子犹如光芒四射的太阳神，这是安徒生的杰作。安徒生是剪纸高手，博物馆里，展出了不少他的剪纸作品，其中有各种形态的花卉和动物，还有形形色色的人物。剪纸，大概是安徒生写作间歇时的一种余兴和游戏，他随手将心里想到的形象剪了出来。安徒生的剪纸，最生动的还是人物。人物剪纸中有一些长臂长腿的舞者，是安徒生剪出来挂在圣诞树上的，圣诞音乐奏响时，这些彩色的纸人会在圣诞树上翩翩起舞。

有一幅小小的剪纸作品，让我观之心惊。这是一幅用白纸剪成的作品，底下是一颗心，心上长出一棵树，树梢分叉，变成一个十字形绞架，绞架的两端，各吊着一个小小的人。安徒生想通过这剪纸告诉世人什么？

安徒生曾被人认为相貌丑陋，他也因此而自卑。安徒生瘦瘦高高，小眼睛，大鼻子，他常常戴着礼帽，身着燕尾礼服，衣冠楚楚，一副绅士派头。前年夏天在纽约的中央公园，我曾见过一尊安徒生的雕像，他坐在美国的公园里，手捧着一本大书，凝视着脚边的一只丑小鸭。这尊雕像，把安徒生的头塑得很大，有点比例失调。不过美国人都喜欢这座雕像，很多孩子坐在安徒生身边和他合影。

安徒生的长相是否丑陋，现在的丹麦人看法已经完全不同。在安徒生博物馆中，有很多安徒生的照片和油画，也有不少安徒生的雕塑。照片和油画中的安徒生，忧郁而端庄，虽谈不上俊美，却也绝不是一个丑陋的男人。我仔细看了博物馆中的每一尊雕塑，其中有头像、胸像，也有和真人差不多高的大理石全身立像。这里的安徒生雕像，目光沉静安宁，脸上是一种沉思的表情。有一尊雕像，安徒生正在给两个小女孩讲故事，他满面笑容，绘声绘色地讲着，一只手在空中挥动。两个小女孩倚在他身边，瞪大了眼睛听得出神。这是一个和蔼可亲的形象。

安徒生博物馆的讲解员是一位姿态优雅的中年女士，她站在安徒生的一尊大理石立像旁，微笑着对我说："安徒生并不丑，他相貌堂堂，是个美男子。"

白色纪念碑

秋风萧瑟，黄叶遍地。天上飘着小雨，湿润的树林轮廓优雅而肃穆。一只不知名的鸟躲在林子深处鸣叫，声音婉转轻柔，若隐若现，仿佛从遥远的天边传来。沿着布满落叶的曲径走进树林，看见了一块块古老的墓碑。

安徒生就长眠在这里。

这是哥本哈根城郊的一个墓园。人们来这里，是来看望安徒生。然而要找到安徒生的墓并不容易。树林中的墓，都差不多，一块简朴的石碑，一片灌木或者一棵老树，就是墓地的全部。

天上下着小雨，墓园中静悄悄不见人影。站在一片碑林之中，有点茫然，安徒生的墓在哪里呢？正在发愁时，不远的墓道上走过来几个散步的人。一个年轻妇女，推着一辆童车，车上有婴儿，身边跟着一条高大的牧羊犬。看到我们几个中国人，她并不惊奇。我问她，安徒生的墓地在哪里？她莞尔一笑，抬手向我身后指了一下。原来，我已站在安徒生的身旁。

安徒生的墓并不显赫，也没有什么特殊之处，没有雕像，没有安徒生童话中的人物，甚至没有多少艺术的气息，只是一座普普通通的墓，简洁，朴素，占据着和别人相同的一方小小的土地。

一块长方形的白石墓碑，上面刻着安徒生的生卒年月。墓碑两侧，是精心修剪过的灌木丛，如同两堵绿色的墙，将安徒生的墓碑夹在中间。安徒生的墓碑前，放满了鲜花，有已经枯萎的花束，也有沾着雨珠的新鲜的花朵。这些鲜花，使安徒生的墓和周围杂草丛生的墓地有了区别。

埋葬在安徒生周围的，是我不认识的人，他们是安徒生同时代的人物。每个人占据的墓地都差不多大，也是简朴的墓碑，上面镌刻着墓主的生卒年月。长眠在这里的人们，大概想不到自己会成为安徒生的邻居。

墓地的设计者，当然不会是长眠在墓穴中的墓主。安徒生的墓碑，设计者也不会是他本人。在丹麦，安徒生的雕像和纪念碑很多，和安徒生的童话相比，这些雕像和纪念碑，显得太平常。

我突然想起了白崖，那是丹麦海边的一座高山。

离安徒生家乡二百公里的海边，有一座奇妙山峰，当地人称它为白崖。坐车去那里花了两个多小时。

上坡，盘山，到一个无人的山谷。这里能听到海涛声，却看不见海。沿着一条通向林荫深处的木栈道，走向山林深处。木栈道沿着山崖蜿蜒，到一个凸出的山坡上，突然就看到了白崖。

这是耸立在海边的万仞绝壁，它确实是白色的，白得纯粹，白得耀眼。白崖下面，就是海滩，海滩的颜色，竟然是黑色的。白色的崖壁，黑色的海滩，蓝色的海水。白、黑、蓝，在天地间构成一幅神奇的图画。

栈道曲折而下，把我引到海滩上。站在海滩上仰观，白崖更显得森然，伟岸，纯净，如拔地而起的一堵摩天高墙，连接着天和海。海滩上的卵石，大多呈黑色，或者黑白相间。我不明白，为何一座白色的山崖，被风化在海滩上的碎片，却变成了黑色的卵石。这样的演变和结局，如同深藏玄机的魔术。

据当地人介绍，喜欢旅行的安徒生不止一次来这里，他曾来到白崖下，一个人坐在黑色的海滩上，遥望着深蓝色的大海，想他的心事。

眼前的山崖和海滩，和安徒生时代的相比，大概没有什么变化。安徒生来这里时，还是个年轻人，那些后来让他名扬世界的童话故事，这时还没有诞生。他坐在海边，惊叹自然和天籁的神秘奇美时，也曾让想象之翼在山海间飞舞。那些心怀着梦想的精灵，那些化成了动物之身的聪慧生灵，那些会说话思考的玩偶，也许曾随着安徒生的遐想，在白崖上自由蹦跶。

白崖，其实更像一块硕大无朋的白色巨碑，耸立在丹麦的海岸上。这才是举世无双的纪念碑，它属于丹麦，也属于安徒生。

顶碗少年

有些偶然遇到的事情，竟会难以忘怀，并且时时萦绕于心。因为，你也许能从中不断地得到启示，从中悟出一些人生的哲理。

这是二十多年前的事情了。有一次，我在上海大世界的露天剧场里看杂技表演。节目很精彩，场内座无虚席。坐在前几排的，全是来自异国的旅游者，优美的东方杂技，使他们入迷了，他们和中国观众一起，为每一个节目喝彩鼓掌。一位英俊少年出场了。在轻松优雅的乐曲声里，只见他头上顶着高高的一摞金边红花白瓷碗，柔软而又自然地舒展着肢体，做出各种各样令人惊羡的动作，忽而卧倒，忽而跃起……碗，在他的头顶上摇摇晃晃，却总是掉不下来。最后，是一组难度较大的动作——他骑在另一位演员身上，两个人一会儿站起，一会儿躺下，一会儿用各种姿态转动着身躯。站在别人晃动着的身体上，很难再保持平衡，他头顶上的碗，摇晃得厉害起来。在一个大幅度转身的刹那间，那一大摞碗突然从他头上掉了下来！这意想不到的失误，让所有的观众都惊呆了。

台上，并没有慌乱。顶碗的少年歉疚地微笑着，不失风度地向观众鞠了一躬。一位姑娘走出来，扫起了地上的碎瓷片，又捧出一大摞碗，还是金边红花白瓷碗，整整十只，一只不少。于是，音乐又响起来，碗又高高地顶到了少年头上，紧张不安的观众终于又陶醉在他的表演之中。到最后关头了，又是两个人叠在一起，又是一个接一个艰难的转身。碗，又在他头顶厉害地摇晃起来。观众们屏住气，目不转睛地盯着他头上的碗……眼看身体已经转过来了，几个性急的外国观众忍不住拍响了巴掌。那一摞碗却仿佛故意捣蛋，突然跳起摇摆舞来。少年急忙摆动脑袋保持平衡，可是来不及了。碗，又掉了下来……

场子里一片喧哗。台上，顶碗少年呆呆地站着，脸上全是汗珠，他有些不知所措了。还是那一位姑娘，走出来扫去了地上的碎瓷片。观众中有人在大声地喊："行了，不要再来了，演下一个节目吧！"好多人附和着喊起来。一位矮小结实的白发老者从后台走到灯光下，他的手里，依然是一摞金边红花白瓷碗。他走到少年面前，脸上微笑着，并无责怪的神色。他把手中的碗交给少年，然后抚摩着少年的肩胛，轻轻摇撼了一下，嘴里低声说了一句什么。少年镇静下来，手捧着新碗，又深深地向观众鞠了一躬。

音乐第三次奏响了！场子里静得没有一丝声息。有一些女观众，索性用手捂住了眼睛……

这真是一场惊心动魄的拼搏！当那摞碗又剧烈地晃动起来时，少年轻轻抖了一下脑袋，终于把碗稳住了。全场响起了暴风雨般的掌声。

在以后的岁月里，不知怎的，我常常会想起这位顶碗少年，想起他那一次的演出，每当想起，总会有一阵微微的激动。这位顶碗少年，当时的年龄和我相仿。我想，现在早已是一位成熟的杂技艺术家了。我相信他不会在艰难曲折的人生和艺术之路上退却。我确信，他是一个强者。当我迷惘、消沉，觉得前途渺茫的时候，那一摞金边红花白瓷碗坠地时的碎裂声，便会突然在我耳畔响起。

是的，人生是一场搏斗。敢于拼搏的人，才可能是命运的主人。在山穷水尽的绝境里，再搏一下，也许就能看到柳暗花明；在冰天雪地的严寒中，再搏一下，一定会迎来温暖的春风——这就是那位顶碗少年给我的启迪。

小偷

儿子知道"小偷"这个字眼，是在他4岁的时候。

一天下午，放在我家门口的那辆小自行车突然不见了。有人看见，是一个陌生人上楼来大模大样地搬走了自行车。一个邻居甚至和那小偷在楼梯上打了照面，小偷居然面不改色，像熟人似的笑着和邻居点了点头，然后扛着自行车从容下楼，消失在林荫路上……

这是一辆新的自行车，小凡刚刚用它学会了骑车，兴趣正浓。自行车被窃，使他感到沮丧，随之而来的是对小偷的怨恨。

"他为什么不自己到商店里去买，而要拿我的车？连说都不和我说一声！"

我告诉他，这是小偷之行为。所谓"小偷"，就是不打招呼拿走别人的东西，把别人的东西占为己有的人。

"他为什么要偷我的自行车？他是个大人，又不能骑这车，他把我的车扛回家去干吗？"

"他当然不是自己要骑，而是拿去换钱。"妻子在一边大声解释。

"换钱？换钱干吗？"他瞪大了眼睛问。

这么简单的问题，要给他一个满意准确的回答倒不太容易。因为他对"钱"这样东西还没有任何概念。于是，我便把话题引开，想说说别的什么，想不到他的脑子里只想着小偷的事情。

"爸爸，你说，偷车的人长得什么样？"他突然又问我。

这个问题我更无法回答。我说："你管他的模样干什么？"

"知道了他的模样，下次看见他时我抓住他，叫他还我的车！"

见他纠缠不休，我便随便应付他说："小偷肯定长着一对老鼠眼，看人眼睛骨碌碌打转；他的头发一定很乱，像个鸟窝。"

"哦，是这样。"他点着头，仿佛真的已经记住了小偷的样子。

以后带他一起上街，他总是东张西望，好像在寻找什么。我问他在找什么，他的表情挺严肃，依然大睁着眼睛在人群中寻觅，仿佛没有听到我的问题。我连着问了他几次，他才神秘兮兮地告诉我："我在找小偷！"

见我扑哧一声笑出来，他不满地问："你为什么要笑？"

我说："你这样，就能抓到小偷？"

"能！"他很肯定地回答，"只要给我发现，我就去抓住他！"

见他这么认真，我便不再说什么。我想，要不了多久，这抓小偷的情结就会从他心里渐渐淡化的。

一次在路上散步时，他拉拉我的手，轻轻地说："爸爸，快看！"

听他的声音里充满了紧张，我连忙问："看什么？"

"看，小偷！"他指着迎面走来的一个青年，低声说。

我一看，不禁哑然失笑——迎面走来的这个青年有一头又长又乱的头发，额下长着一对小眼睛。这形象，正符合我向他描绘的小偷的模样。见我们在注意他，青年从我们身边走过时，惊奇地瞥了我们一眼，小凡紧张地抓紧了我的手。等那青年走过去后，我忍不住笑起来。

"怎么，他不是小偷？"他不解地问，"不是眼睛小小的，头发乱乱的吗？"

"他没偷别人东西，怎么能说他是小偷呢？"

"哦，他没偷东西。"他搔着自己的脑袋，也忍不住笑起来，"那么，下次我看到他拿别人的东西时再抓住他吧。"

时间稍长，大家差不多快把那辆童车被窃的事情忘了。我以为抓小偷的情结也已经在小凡的心里淡化了。时间能化解一切，对孩子大概也不例外。

一天，我带小凡出门。经过一家水果店时，小凡突然停住脚步，眼睛里闪出又严肃又警觉的亮光。水果店门口人很多，尤其是那个苹果摊前，围着好几个顾客，营业员根本照顾不过来。这有什么好看的呢？我拉着他就走，可他却抓紧了我的手，怎么也不肯走。我问他干什么，他轻轻地告诉我："爸爸，小偷！"我顺着他手指的方向看去，只见一个穿着入时的年轻女人，正在偷偷地把一个苹果塞进自己的手提包，塞了一个，见营业员没有发现，又塞了一个。果然是一个小偷！

小凡用眼色征询我的意见，问我该怎么办。我还没有做出回答，那个年轻女人已经收起提包，离开了水果摊。年轻女人迎面向我们走来，这下我们都看清楚了，这是一个漂亮的女人，端正的五官，飘逸的波浪形长发，脸上是一种不动声色的表情，似乎在思考着什么严肃的问题。看她的样子，简直是一个高傲的公主，不把任何人放在眼里。可她刚才的动作却是千真万确，那个时髦的皮包里，藏着那几个来路不明的苹果……也许她看见小凡正用惊讶而厌恶的目光注视着她，有点儿心虚了，脸上便微微红了一下，脚步匆匆地从我们旁边走过，留下一阵外国香水浓郁的气味。

我和小凡你看看我，我看看你，愣了好一会儿。他的目光中，充满了惊奇和困惑。这个小偷，既没有骨碌碌转的老鼠眼，也没有鸟窝般乱蓬蓬的头发，而是一个颇有风度的漂亮女士，怎么能不让他惊奇呢。

"爸爸，你闻到什么味道了吗？"他突然问我。

"是香水吧。"我说。

"不！"他很肯定地说，"是臭味，是小偷的气味，真难闻！"

不过，他并没有因此而排解了心里的困惑。事后，他忍不住问我："她为什么看上去一点儿也不像小偷呢？"

于是，我很认真地纠正了以前对他说的关于小偷的外形的那些话。我说："爸爸以前说的话是和你开玩笑的，谁也无法把小偷的样子画出来。他们可能长得很丑，也可能很漂亮。我们的老祖宗有一句话，叫作'人不可貌相'，就是讲的这个道理。人的美和丑，并不在外表，而在内心，在他的行动。"

儿子默默地点着头，心思不知又飞到什么地方去了。对小偷的认识，大概是他认识复杂人世的开始吧。

看望巴金

春节的前一天，我带着儿子小凡一起去看望巴金。

两年前，我曾经带小凡去看过巴金，那时他还小，不知道巴金是谁。那天在巴金家里，小凡在椅子上坐不住，满客厅乱跑，一个人参观着巴金客厅里的各种摆设。在巴金的印象中，小凡大概是个活泼调皮的小男孩。当时最使他感兴趣的，是放在桌子上的一只陶瓷狗。后来他读了巴金的《小狗包弟》，认为桌上那只陶瓷狗就是包弟，引起很多遐想。最近两年中，他读了巴金的一些文章，也常常听我谈巴金的为人和他的文学成就。现在他已经知道巴金是怎样的一个作家，心里对他充满了崇敬。所以这次去拜访巴金前，他有些激动。好几天前，就很用心地画了一幅画。画面上是一个雪人、一棵树、一座小木屋，还有两只红色的小鸟和漫天雪花。雪人穿着鲜艳的衣服，一副乐呵呵的表情；树上虽然没有绿叶，积满了白雪，但树干上有一张生动的脸，正做着有趣的鬼脸儿；最有意思的是雪人身后的那座小木屋，屋顶和墙上布满了奇异复杂、色彩艳丽的图案，墙上还有一扇窗户，窗户里有一个表情生动的小人，正大睁着眼睛，好奇地窥望着窗外。他把这幅画的题目定为《雪天里的童话》。我问他为什么要画这样一幅画送给巴金，他说："我觉得这画好看，是迎接春天的画。我想巴金爷爷会喜欢的。"

在巴金家里，小凡把《雪天里的童话》送给了巴金，巴金很喜欢，鼓励了他，还向他提了问题。巴金对小凡讲了一些很有意思的话。小凡也向巴金提了几个问题，譬如小狗包弟，巴金回忆了当年包弟在家里时的一些情景。我和巴金谈话时，小凡一直一动不动地坐在一边的椅子上认真地听着，目光凝视着坐在阳光里的这位有着年轻心灵的伟大的老人……

回到家里，我要他把在巴金家里的感受写出来，于是他便写了《和巴金爷爷在一起》。这篇短文，写的是他真实的感受，写得很有感情，也比较生动。我想，这样的经历和感受，会永远留在他的记忆中。

和巴金爷爷在一起

除夕的上午，我和爸爸一起去看望巴金爷爷。两年前，我曾经跟爸爸去看望过他，那时候我还很小，不懂事。在这两年里，我读了巴金爷爷的文章，知道了他是一个正直善良的人，是一个不说假话的人，是一位受到无数人尊敬和热爱的伟大作家。今天，我能再见到他，心里有些激动。我专门画了一幅《雪天里的童话》，准备送给巴金爷爷。

走进巴金爷爷的家，穿过一个很大的客厅，只见巴金爷爷正坐在洒满阳光的阳台上看书，金色的阳光把他的一头银发照得闪闪发亮。我给巴金爷爷拜了年，巴金爷爷高兴地说："你长高了。今年几岁啦？"我回答道："我9岁了。"巴金爷爷笑着说："我比你大81岁。我很羡慕你。你还可以活很长很长时间，可以做很多事情。"我把《雪天里的童话》送给巴金爷爷，他把我的画拿在手里仔细地看了一会儿，称赞说："画得很好。"他指着画上的一个躲在小木屋里瞪大眼睛瞧着窗外的小人问我："这是谁？"我笑着回答："这是一个小老头，他正在盼望着春天快快到来呢！"巴金爷爷听了，开心地笑了。

在听爸爸和巴金爷爷说话的时候，我看见一只白猫悄悄地走进来，从巴金爷爷脚下走过。巴金爷爷告诉我，他家原来还有一只猫，后来不知跑到哪里去了。说起猫，我情不自禁地想起巴金爷爷写的《小狗包弟》。包弟是巴金爷爷家里从前养过的一只可爱的小狗，巴金爷爷对包弟很有感情。我问起包弟，巴金爷爷告诉我们："那时候，包弟常常在我身边走来走去，有客人来时，它还会站起来给客人作揖呢。"……

临走时，巴金爷爷要站起来送我们，爸爸赶紧请他坐下，可他还是拄着手杖站了起来。我和爸爸依依不舍地告别了巴金爷爷，我在心里默默地祝愿他身体健康。

在回家的路上，我问爸爸："巴金爷爷的头发一直是这么白的吗？"爸爸想了想，答道："不，他年轻时，也有一头黑发。这些黑发，已经变成了一本本书，变成了深刻的思想，变成了许多动人的故事，永远留在了这个世界上。这是巴金对祖国和人民的爱。"

远去的歌声

　　记忆是一个奇妙的仓库，你经历过的情景，只要用心记住了，它们便会永远留存下来，本领再高的盗贼也无法将它们窃走。记忆中这些美好的库藏，可能是一个动人的故事，一张温和的笑脸，一幅优美的图画，一个刻骨铭心的美妙瞬间，也可能是一种曾经拨动你心弦的声音。

　　是的，我想起了一些奇妙的声音。这些声音早已离我远去，但我却无法忘记它们。有时，它们还会飘漾在我的梦中，使我恍惚又回到了童年时代。

　　常常是在一些晴朗的下午，阳光透过窗玻璃的反照，在天花板上浮动。这时，窗外传来了一阵悠扬的女声："修牙刷——坏格牙刷修喂……"这样枯燥乏味的几句话，竟然被唱出了婉转迷离的旋律。这旋律，悠扬，高亢，跌宕起伏，带着一种幽远的亲切和温润，也蕴含着些许忧伤和凄美，在曲折的弄堂里飘旋回荡，一声声叩动着我的心。这时，我正被大人强迫躺在床上睡午觉，窗外传来的声音，仿佛是映照在天花板上的阳光的一部分，或者说是阳光演奏出的声音和旋律。在我童年的记忆中，午后的阳光，总有着这样的旋律。我的想象力很自然地被这美妙的声音煽动起来，我追随着这声音，走出弄堂，走出城市，走向田野，走到海边，走进树林，走到山上，走入云端……奇怪的是，在我的联想中，就是没有和牙刷以及修牙刷的行当连在一起的东西，只是一阵从一个遥远而陌生的地方传来的美妙音乐。我唯恐这音乐很快消失，便用心捕捉着它们，捕捉它们的每一个音符，每一次回旋，每一声拖腔。当这声音如游丝一般在天边消失，我也不知不觉地被它带入了云光斑斓的梦境。

这声音和浮动的阳光一起，留在了我的心里，就像一支饱蘸着淡彩的毛笔，轻轻地抹过一张雪白的宣纸，在这白纸上，便出现了永远不会消除的彩晕。因为这些歌声，修牙刷这样乏味的活计，在我的想象中竟也有了抑扬顿挫的诗意。我常常想，能唱出如此奇妙动听的歌声的人，必定是一些很美丽的女人。我不止一次想象她们的形象：柳树一样的身姿，桃花一样的面容，清泉一样的目光，她们彩云一样播撒着仙乐飘飘而来，又彩云一样飘然而去……因为这些歌声，我从来没有把这声音想成吆喝或者叫卖，它们确实是歌，或者说是如歌的呼唤。然而见到她们后，我吃了一惊，她们和我想象中的仙女完全是两回事。

有一次我在弄堂里玩，突然听到了"修牙刷……"的呼喊，这声音美妙一如以往，悠然从弄堂口飘进来。我赶紧回头看，只见一个矮而胖的姑娘，穿一身打补丁的大襟花布棉袄，背一个木箱，脚步蹒跚地向我走来。她的容貌也不耐看，小眼睛，凹鼻梁，厚嘴唇，被太阳晒得又红又黑的脸色显得茁壮健康。那带给我很多美丽幻想的仙乐，就是由这样一个苏北乡下姑娘喊出来的！

我后来又看到过几个修牙刷的姑娘，她们除了修牙刷，常常还兼修雨伞。她们的形象，和我第一次见到的那位差不多。我不止一次观察过她们修理牙刷的过程，那是一种细巧的工作，用锥子在牙刷柄上刺出小洞，然后再穿入牙刷毛。她们的手很粗糙，然而非常灵活……

有意思的是，这些长得不好看的村姑，并没有破坏我对她们的歌声的美好印象。记忆的宣纸上，依然是那团诗意盎然的彩晕。当我在午后的阳光中听到她们的呼喊时，依然会遐想联翩，走进我憧憬的乐园。

那声音，早已远去，现在再也不会有人要修牙刷。我很奇怪，为什么我会一直清晰地记得它们。当我用文字来描绘这些声音时，它们仿佛正萦绕在我的耳畔。有时候，睡在床上，在将醒未醒之际，这样的声音仿佛从遥远的地方飘来，使时光倒流数十年，把我一下子拽回到遥远的童年时代。

在童年的记忆中，这样的声音并不单一。那时，在街头巷尾到处有动听的呼喊，除了修牙刷修伞的，还有修沙发的，箍桶的，配钥匙的，修棕绷藤绷的，所有的手艺人，都会用如歌的旋律发出他们独特的呼喊。还有那些飘荡在暮色中的叫卖声，卖芝麻糊的，卖赤豆粥的，卖小馄饨和宁波汤团的，卖炒白果和五香豆的，一个个唱得委婉百转，带着一种甜美的辛酸，轻轻叩动着人心……

这样的旧日都市风景，已经一去不返。现在时常出现在新村和里弄的叫卖声，粗浊而生硬，只有推销的急切，毫无人生的感慨，更无艺术的优雅。使我聊以自慰的是，现代人欣赏音乐，有了更多现代的途径。不用天天到音乐厅去，只要套上耳机，转动一张 CD，便能沉浸在音乐的辽阔海洋中。然而，有什么声音能替代当年那些亲切温润的歌唱呢？

童年的河

在急流中

贝江，从迷蒙的深山中流出来。湍急的流水，在曲折的河道中卷着浪花，打着漩涡，一路鸣响着奔向远方。

轮船顺流而下，江水拍击船舷，溅起一排排水花。我站在船头，以悠闲的心情欣赏周围的风景。江两岸是绿荫蓊蓊的青山，山坡上覆盖着翠竹和杉树，还有杜鹃。我想，若是在春天，漫山遍野的杜鹃盛开时，一定会美得惊人。

我向前方望去，只觉得眼帘中一亮。急流汹涌的江面上，远远地出现了一只小筏子，就像一只灵巧的小蜻蜓，落在水里拼命挣扎着逆流而上。划竹筏的好像是一个女人，因为远，看不清她的面容，只见她双手不停地划桨，驾驭着筏子，灵巧地避开浅滩和礁石，在湍急多变的江水中曲折前行。她的身后背着一个红色的包裹，远远看去，像一朵随波漂流的红杜鹃。

很快，小筏子就到了大船的跟前。划竹筏的，竟是一个年轻的少妇，她的神色安详，平静的目光注视着前方。她身后的红包裹，原来是一个襁褓，她是背着自己的孩子在江上赶路。我向她挥手，她朝我微笑了一下，脸上泛起一片红晕，马上又将目光投向江面，双手奋力划桨，继续在急流中探寻安全的通道。我发现，襁褓中的孩子将脑袋靠在母亲的肩膀上，正在酣睡。对于筏子上的颠簸和江上的惊险，他居然一无所知。

小筏子和大船擦肩而过，我们的相逢只在一个瞬间。在这个瞬间里，我感到惭愧。我，一个游山玩水者，悠闲地站在平稳的大船上欣赏风景；而她，一个背负儿女的母亲，却驾着小小的筏子在急流中搏斗。

回头看，那小筏子很快便消失在远方，只有那簇耀眼的红色，在水烟迷蒙的江面上一闪一闪，像一簇不熄的火苗……

在贝江上见到的这一幕，我很难忘记。急流中那位驾筏少妇安详的神态，坚定的眼神，奋力划桨的动作，还有她那在襁褓中安睡的孩子，这一切，组合成一幅感人的图画，留存在我的记忆中，再也不会消失。在城市人声喧嚣的天地里，有几个人能像她那样勇敢沉着地面对生活的急流呢？

童年的河

童年的记忆，隐藏在脑海的最深层。一个老人，到了弥留之际，出现在眼前的也许还是童年的往事、童年的朋友。

童年的经历，会影响一个人的性格。在形成性格的过程中，童年的一些特殊经历潜移默化地起着作用。想一想童年的往事吧，它们曾经怎样有声有色地丰富过你幼小的生命，滋润过你稚嫩的心灵。

有一条河流，陪伴着我的童年。这条河的名字是苏州河，它在江南的土地上蜿蜒流淌，哺育了中国最大的城市。从前，它曾经叫吴淞江，上海人把它称作母亲河。

小时候，我的家离苏州河不远，我常常走到苏州河桥上看风景。天上的云彩落到河里，随着水波的漾动斑斓如梦幻。最有趣的，当然是河里的木船了。我喜欢倚靠在苏州河的桥栏上看从桥洞里穿过的木船。一艘木船，往往就是一家人。摇船的，总是船上的女人和小孩。男人站在船边，手持一根长长的竹篙，不慌不忙点拨着河水。有时水流很急，木船穿过桥洞时，船上的人便有点忙碌。男人站在船头，奋力将竹篙点在桥墩上，改变着船行的方向。他们一面手忙脚乱地与河水搏斗，一面互相大声喊着，喊些什么我听不清楚，但那种紧张的气氛却让人难忘，我也由此认识了船民的艰辛。后来看到宋人画的《清明上河图》，图中也有木船过桥洞的画面，和我在苏州河桥上看到的景象很有几分相似。现在回想起来，我那时没有机会和船上的人说过一句话，只是远远地看着他们，想象着他们的生活。我常常把自己想象成一个生活在船上的孩子，船上有一条狗，温顺地蹲在我的脚边。我也和父母一起，奋力地摇橹，驾驭着木船在急流中穿过桥洞。

记忆中的苏州河常常有清澈的时候。涨潮时，河水并不太混浊，黄中泛出一点淡绿，还能看到鱼儿在河里游动。那时苏州河里常常有孩子游泳。胆子大的从高高的水泥桥栏上跳到河里，胆子小一点的，沿着河岸的铁梯走到河里。孩子在河里游泳的景象多么美妙，小小的脑袋在起伏的水面上浮动，像一些黑色的花朵正在快乐地开放。他们常常放开喉咙在喊叫，急促的声音带着一些惊奇，也带着一些紧张，在水面上跳动回旋。这是世界上最快乐的声音。先是羡慕那些在河里游泳的孩子，他们游泳的姿态，他们在水面发出的欢声笑语，使我很想成为他们中的一员。

有一天，在苏州河边上，我见到了可怕的景象。一个孩子在河里淹死了，被人拉到岸上，躺在栏杆边的地上。这是一个瘦弱的孩子，上身赤裸，下身穿着一条破烂的裤衩。看样子，这孩子是在河里游泳时溺水而死。他侧着身子躺在地上，脸色蜡黄。他曾经在河里快乐地游着，快乐地喊叫着，他曾经是我羡慕的对象。但是他小小的生命已经结束，在这条日夜流动着的活泼的苏州河水里，他走完了他的短短的人生之路。这是我第一次这么近距离地看一个死去的人，但是这溺水的孩子并没有使我对死亡和河流感到恐惧。几年后，我也常常跳进苏州河里游泳，在和流水的搏斗中体会生命的快乐。我从高高的桥头跳入河中，顺流畅游，一直游到苏州河和黄浦江交汇的水面。那时，同龄的孩子没有几个有这样的胆量，他们捧着我的衣服，在岸上跟着我，为我加油。在他们的眼里，我是一个勇敢的人。其实，在波浪汹涌地向我压过来时，我也曾产生过恐惧，也曾想起那个溺水而亡的少年，我在想：我会不会像他一样被淹死呢？不过这只是瞬间的念头，在清凉的河流中游泳的快乐胜过了对死亡的恐惧。

我上的第一所小学就在苏州河边上。在我们上音乐课的顶层教室里，站在窗前能俯瞰苏州河的流水。学校的后门，就开在苏州河岸边。离学校后门不远的河岸边，有一个垃圾码头。说是码头，其实就是一个大铁皮翻斗，平寸铁皮翻斗被天天从它身上滑下的垃圾磨得雪亮。这铁皮翻斗，使我想起古时城门前的吊桥，平时翻斗是升起的，运送垃圾时，翻斗放下，成为一个传送滑道，卡车上的垃圾直接从翻斗上滑到停泊在岸边的木船船舱中。这垃圾码头，也曾是我们的游戏场所。我们常常攀上铁皮翻斗，站在翻斗边沿，探出脑袋，俯视河水从翻斗下哗哗地流过。对于孩子们来说，这是很有冒险色彩的奇妙经历。

一天早晨，经过垃圾码头时，我发现码头边围着很多人，而那个曾给我们带来快乐的吊桥，翻进了河里——系住翻斗的两根钢索断了一根。这是一场悲剧留下的痕迹。就在前一天傍晚，一群和我差不多大的孩子，攀到翻斗上玩，他们正欢天喜地在翻斗上蹦跳时，系翻斗的钢绳突然断了，翻斗下坠，翻斗上的孩子全部都被倒进了苏州河。欢声笑语一下子变成了救命的呼喊，那时苏州河边人不多，是河上的船民赶过来救起了落水的孩子们。但是，死神已经守候在这座曾给孩子们带来欢乐的吊桥边上，据说淹死了好几个孩子。几天后，还看到孩子的父母在苏州河边哭泣。而那个肇事的铁皮翻斗，被铁栅栏围了起来。这场悲剧，似乎向人们预示着生活中的乐极生悲和人生的无常。苏州河依然如昔日一般流淌，但从此我们再也不敢去垃圾码头玩了。

那时，苏州河边上多的是仓库和码头，少的是树林。在苏州河边难得见到飞鸟。不过有一只在苏州河边出现的鸟使我无法忘记。那是在无法吃饱饭的年代。一天早晨，我从苏州河边走过，看见一只喜鹊从河面上飞过来，停落在河边的水泥栏杆上。这是一只有着黑白相间的花翅膀的黑喜鹊，它在水泥栏杆上悠闲地踱步，还不时左顾右盼，好像在寻找它的伙伴。我天生对鸟有好感，只要是天上的飞鸟，都是可爱的，哪怕是猫头鹰。在热闹的城市里会出现喜鹊，这实在稀奇。我停住脚步，注视着水泥栏杆上的喜鹊，觉得它美极了。它是那么自由，那么优雅。在苏州河边，难得看到这样的景象。就在我欣赏那只喜鹊的时候，发生了一件令人难以想象的事情。一个头发蓬乱、瘦骨嶙峋的女人，突然从停泊在河边的木船上蹿出来，扑上栏杆，把那只毫无防备的喜鹊抓在了手中。那女人一只手将喜鹊攥住，另一只手以极快的速度拔光了喜鹊身上的羽毛，大概不到两分钟，那只羽毛丰满的美丽的喜鹊，竟变成了一团蠕动的粉红色肉团。它的嘴里发出惊恐尖厉的鸣叫，拍动的翅膀因为失去了羽翼而显得很可笑。它的羽毛飘落在周围的地上，空中也飞舞着细小的绒毛。那女人的动作之迅疾，简直让人惊诧，她的目光也令人难忘，那是一个饿极了的人看到食物时的表情，目光中喷射出贪婪和急迫。这个木船上的女人，她捕捉这只喜鹊，当然是为了吃，为了充饥，为了让饥饿的生命得以延续。我没有看到她最后如何处置那只喜鹊，被她吃进肚子里是毫无疑问的，至于怎么煮怎么吃，我不想知道。我想在记忆中保留喜鹊在苏州河栏杆上优雅踱步的形象，但浮现在眼前的，却总是那个被拔光了羽毛的粉红色肉团，还有飘舞在空中的羽毛。直到现在，我还记得它挣扎尖叫的可怜样子。

苏州河边的邮政大楼顶上，有一组石头的雕像。那是几个坐着的外国人像，站在地上看不见它们的表情，远远地看去，也只能看出个大概的轮廓，但它们优雅的身体姿态给我留下深刻的印象。小时候在苏州河里游泳的时候，有一次躺在水面上仰望那雕像，居然看清了雕像们的脸，那是一些神秘的表情，安静、悠闲，它们在天上俯瞰人间，目光中含着淡然的期待，也隐藏着深深的哀怨。后来，那一组雕像不见了，据说是被人打碎了。那座有着绿色圆顶的大楼，从此就变得单调，抬头仰望时，常常有一种失落的感觉。

前几年，那个古老的绿色圆顶下面，又出现了一组雕像，是不是当年的那组雕像，我不知道。不过仰望它们时，再没有出现童年时看它们的那种感觉。

水迹的故事

　　对我们这代人来说，艺术曾经是一种不能多谈的奢侈品。这两个字和一般人似乎并无关系，只是艺术家们的事情。其实生活中的情形并非如此，艺术像个面目随和、态度亲切的朋友，在你不经意的时候，她突然就可能出现在你的身边，使你知道她原来是那么平易近人。只要你喜欢她，追求她，她总是会向你展示动人的微笑。不管在什么地方，在什么时候，她都会翩然而至，给枯燥乏味的生活带来些许生机。

　　小时候，我曾经做过当艺术家的梦，音乐、绘画、雕塑，这些都是我神往的目标。我可以面对一幅我喜欢的油画呆呆地遐想半天，也会因为听到一段美妙的旋律而激动不已。然而那时看画展、听音乐会的机会毕竟很少，周围更多的是普普通通的人和物体，而且大多色彩黯淡。不过这也不妨碍我走进艺术的奇妙境界。

童年时代，曾经住在一个顶棚漏水的阁楼上。简陋的居所，也可以为我提供遐想的天地。晚上睡觉时，头顶上那布满水迹的天花板就是我展开想象翅膀的天空。在这些水迹中，我发现了各种各样的山、树、云，还有飞禽走兽、妖魔鬼怪，当然，也有三教九流的人物，有《西游记》《水浒传》和《封神榜》中种种神奇的场面。我经常看着天花板在床上编织许多稀奇古怪的故事，睡着以后，梦境也是异常地缤纷。

有一天下大雨，屋顶上漏得厉害，大人们手忙脚乱地忙着接水，一个个抱怨不迭，我却暗自心喜。因为我知道，晚上睡到床上时，天花板上一定会出现新的风景和故事。那天夜里，天花板上果然出现了许多奇形怪状的水迹。新鲜的水迹颜色很丰富，有褐色，也有土黄，还有绛红色。我在这些斑驳的色块和杂乱无序的线条中发现了惊人的画面。那是海里的一个荒岛，岛上有巨大的热带植物，还有赤身裸体的印第安人。有一个印第安人的头部特写给我的印象特别深刻。那是一个和真人一样大小的侧面头像，那印第安人有着红色的脸膛，浓眉紧蹙，目光里流露出忧郁和愤怒。他的头上戴着一顶极大的羽毛头冠，是很典型的印第安人的装束。看着天花板上的这些图画，我记忆中所有有关印第安人的故事都涌到了眼前。那时刚刚读过笛福的《鲁滨逊漂流记》，小说中那些使我感到神秘的"土人"，此刻都出现在我眼前的天花板上，栩栩如生地对我挤眉弄眼。在睡眼蒙眬之中，我仿佛变成了流落孤岛的鲁滨逊。

看天花板上的水迹，是我儿时秘密的快乐，是白天生活和阅读的一种补充。谁能体会一个孩子凝视着水迹斑斑的天花板而产生的美妙遐想呢？现在，当我躺在整洁的卧室里，看着一片洁白的天花板，很自然地会想起童年时的那一份快乐。这快乐，现在已经很难得了。于是，在淡淡的惆怅之后，我总是会想，人的长大，是不是都要以牺牲天真的憧憬和无拘无束的想象力作为代价呢？

记忆中的南京路

　　南京路在很多人的心目中几乎就是上海的代名词，是上海热闹和繁华的象征。到上海不走一下南京路，那就像没有到过上海一样。很多电影和摄影作品中拍摄过南京东路上人山人海的景象，从高处俯瞰，南京路上密密麻麻的人头如同夏日麦田里随风摇动的麦穗，给人一种惊心动魄的感觉。这样的景象，只有在南京路才能看到，让人一睹而永难忘却。

　　而在我的记忆里，南京路却要丰富得多，这是一条斑斓驳杂的路，是一条凝集着中国人悲欢喜怒的路，是一条有色彩、有香味、有音乐、有魔力的变化无穷的路。这条路上，铺满了我童年的缤纷记忆。

童年时，我住在离南京东路不远的北京东路，中间只隔着两条街。南京路是我经常去玩的地方。20世纪50年代，南京路完全保留着旧上海"大马路"的风貌，马路中间是铁轨，有轨电车叮叮当当地开来开去，花6分钱就能从南京路的起点外滩一直乘到静安寺，这是南京路西面的尽头。那时，南京东路的路面不是石头，也不是沥青，是木头的，一块块正方形的木头，整整齐齐地铺在地上，被行人踩得发亮。这些木头，据说都是从国外运来的，它们的年龄比我父亲的年龄还要大。50年代南京路重铺路面时我还记得，那天和几个小伙伴到南京路去玩，正好看到铺路的工人在挖木砖，路上到处是那些正方形的铺路木砖。几个路过的老人翻看着那些木砖，脸上竟是一种惋惜的表情，我还记得其中一位老人的话，他说："可惜了，上海就这样一条木头路，挖掉就没有了。"一个年轻的铺路工人嘲笑他说："这有什么可惜的，旧社会留下来的烂木头，早就该挖掉了。"老人在年轻人的嘲笑声中摇着头走于，马路上镐锤声不绝于耳。这一幕留在了我的记忆中，成为上个世纪新旧时代交替的一个有象征意义的年节。

我最熟悉的，是南京路东头上的那一段。外滩的和平饭店，是南京路的起点。关于这栋大楼，传说很多。一个犹太冒险家，在上海发迹，选择面向黄浦江的宝地建造了这栋巍峨的大楼，以前这大楼就以这位犹太人的名字命名——沙逊大厦，老上海人都知道这大楼，它像一个头戴绿色头盔的西方大汉，雄踞外滩大半个世纪，俯瞰着黄浦江和它周围的楼房，没有一栋楼的高度能超过它。据说它北侧的中国银行大楼设计时本想超过它，造一座上海最高的建筑。但是中国人的设想最终成了一场梦，原因是外国人不同意，他们认为外滩的最高建筑不能是中国的建筑。过去，外滩是英国的租界，是"国中之国"，中国人在这里没有主权。和平饭店，小孩子是走不进去的，我只能在外面仰头看它，也曾围着它兜过几圈，想象当年沙逊如何在这里耀武扬威。要想看清楚这栋大楼，必须站到黄浦江边，它和中国银行的大楼如双峰对峙，是外滩的标志。南京路起点上的另一栋楼房，是一栋红白相间的六层楼房，它的年纪比沙逊大厦更老，距今快一百年了，从前这里是汇中饭店，也是旧上海豪华的大饭店。也许和马路对面的和平饭店相比，它太矮小，太不起眼，童年时，我竟没怎么注意过这栋老房子。

走过和平饭店再往西走，过四川路以后，南京路就越来越热闹了。如果说，南京路的开头有点儿严肃，有点儿空旷，一过四川路，气氛就完全不一样了。从四川路能走进中央商场，那是南京路的延伸。中央商场是一个专门卖便宜货的小商品市场，沿街摆满了各种各样的小摊铺，从吃的、用的、穿的，到大人的工具、孩子的玩具，卖什么的都有。令我着迷的是那些电子零件，上小学时，曾经迷恋过矿石机，虽然并不懂其中的原理，根据线路图依样画瓢，居然也装成了一台。里面的零件，当然都是从中央商场里淘来的。在家里的屋顶上装上了自己做的天线，在矿石机上插上耳机，第一次收听到电台的节目时，简直是欣喜若狂。这也是南京路带给我的快乐的一部分。

南京东路河南路口，有几家我最熟悉的商店，一家是老介福绸布店，这是我最不喜欢踏进去的商店，但是跟父母上南京路时，他们常常带我去的就是这家商店。在他们挑选布料时，我就一个人溜到了马路对面的戏曲用品商店。这是一家奇妙的商店，商店的标记是一组彩色的京剧脸谱，橱窗里陈列着各种戏曲服装，还有戏剧人物的模型。我常常在店堂里流连忘返，店里出售的一切，我都感兴趣，从戏剧服装、舞台布景，到京剧老生的胡子和青衣花旦的头饰，从官员的朝靴、帝王的皇冠，到武士的盔甲和十八般兵器。读《三国演义》时，我是从这家商店里认识了关公的青龙偃月刀、张飞的丈八蛇矛和吕布的方天画戟，还有诸葛亮的羽毛扇。在这家商店里，我没有买过任何东西，它就像一个戏剧艺术博物馆，使我长见识、长知识，也引发我很多关于历史和文学的联想。

戏剧用品商店的斜对面，是亨得利钟表商店，这也是一家名店，但钟表和一个孩子的关系不大，我很少走进去。对面还有丽华公司，是一家有两层商铺的百货商店，我常常奉父母之命到这家商店里买各种日用品。丽华公司虽然不小，但在我的印象中却是一家乏味的商店，因为，离它几步之遥，就有好几家使我着迷的商店。除了马路对面的戏剧用品商店，往西再走几步，过了山东路，就是东海大楼。50年代，它曾经是上海专为外国人服务的友谊商店。和一般的商店相比，友谊商店的商品更丰富，尤其是里面那些精美的艺术品，对我非常有吸引力。我常常带着妹妹去友谊商店，商店里的店员不歧视中国人，我们两个衣冠不算太整洁的孩子进商店，并没有谁来阻拦，我们在店里闲逛，在商品橱窗前东张西望，也没有人来管我们。我最感兴趣的，是那些象牙、玉石和黄杨木的雕刻，还有各种风格的国画。记得在店堂里还遇到外国小孩走过来和我们打招呼，可惜我们不懂外语，只能笑一笑作答。后来友谊商店搬到别的地方去了，新的友谊商店成为只对外国人开放的场所，中国人再也不能随便走进去。而原来的友谊商店，变成了一家对我更有吸引力的商店——新华书店。这是当年上海规模最大的一家书店。我成了新华书店的常客，虽然囊中羞涩，没有多少钱买书，但是在书架前站一站，看看书的封面，也是一件美妙的事情。有时候，还可以站在书架边翻阅架子上的图书。书店里有一位头发斑白的老店员，我去的次数多了，他注意到我，看我的眼神中常常流露出和善与鼓励。这使我壮大了胆子站在书店里看书，我觉得他的目光是对我的一种保护。这位老店员，没有和我说过一句话，但我怎么也无法忘记那种亲切和善的目光。可以说，南京路新华书店，是我童年时代的第一个图书阅览室。

有一次过年前夕，父亲带我去南京路，走过书店时，父亲拉着我的手走了进去。这使我感到意外，对父亲来说这实在是难得的事情。父亲对我说："快过年了，去买几张年画吧。"在二楼卖年画和宣传画的柜台前，我看花了眼，父亲说："你喜欢什么，挑两张吧。"结果我挑了一张《刘关张三英战吕布》，画面上刘备、关羽和张飞骑着马把吕布围在中间，吕布毫无惧色，挥动他的方天画戟奋力迎战。这幅画后来在我家的餐厅里挂了一年。在我的记忆中，吕布的英雄气概远胜于刘关张的三人合力，这是这幅年画留给我的印象。父亲选的另一张画小一点，是一幅彩色照片，题目是《和平与友谊》。画面上只有两个人，毛泽东和赫鲁晓夫，两个政治领袖面带微笑并肩坐着，一个在抽烟，一个在喝茶，看上去很友好的样子。在我的记忆里，这幅照片再没有在其他地方看见过。

　　从新华书店出门再往西走，过山西路，就是朵云轩。这也是一家我喜欢去的商店，它就像一个展示中国书画艺术的博物馆，在店堂里能看到很多名家书画，八大山人、吴昌硕、齐白石、徐悲鸿、傅抱石、潘天寿等国画大师的书画，我都是在朵云轩的店堂里第一次见识到的。虽然都不是真迹，但朵云轩的水印木刻能将国画复制到乱真的程度，能让人从中领略到大师们的笔墨韵致。对店堂里陈列的文房四宝，我也有兴趣，读中学时，曾在这里选购过篆刻刀具和最便宜的青田石章，没有老师指导，自己尝试着刻了不少图章。

童年时代兴趣广泛，凡是涉及艺术的，我都有兴趣。这种兴趣，也许和在南京路上的种种见识有一定关系。比起美术，我对音乐的兴趣更浓。南京路上的乐器商店，也是我经常光顾的地方。离朵云轩不远，有一家寄售商店，也就是俗话说的旧货商店，在那里有一个寄售旧乐器的柜台，可以看到各种各样的乐器，有西洋乐器，也有民族乐器。我对西洋乐器更有兴趣，常常在柜台边上徜徉很久，如果碰到有人选购乐器，拉一下小提琴，吹几声单簧管，甚至只是调试一下琴弦，对我来说都是一种享受。有时确实会遇到水平很高的乐手，听他们在店堂里尽兴试奏，感觉就像在音乐厅欣赏表演一样。在这家寄售商店里，我得到了我的第一把小提琴。我的哥哥知道我做梦也想要一把小提琴，他工作之后，用第一个月的工资到这里为我买了一把小提琴，花了18元钱。这是一把深褐色的进口旧提琴，琴面上有一条裂缝，但声音却出奇地洪亮。这把小提琴，填补了我的一段音乐梦，也是我们兄弟手足之情的美好纪念。和哥哥一起在店堂里试琴的景象，我至今仍清晰地记得。

那时的南京路上有两座庙，一座是鼎鼎大名的静安寺，另一座庙小一点，叫红庙。静安寺在南京路的西头，离我家远，几乎没有机会去。红庙在南京东路，就在那家寄售商店的斜对面，这其实是一座道观，不过童年时觉得庙都是差不多的。小时候常常到红庙去玩，我不喜欢庙里幽暗阴森的环境和

熏人的香烛气味，但却喜欢研究那些形态神情不一
的泥塑佛像。红庙的门面在热闹的南京路上，香火
自然旺得很，庙里天天有川流不息的男男女女去烧
香。记得庙里有一个侧殿供奉着一大群佛像，每尊
佛像的造型和表情都不一样，不同年龄的人，都可
以找到和自己的年纪对应的佛像。那年我 7 岁，我
也找到了和我的年龄对应的佛像，那佛像瞪大了一
双凶狠的眼睛，长着满脸胡子，面目狰狞。站在这
尊佛像前，我有点儿害怕，我想，莫非我长大了也
会这样难看。还好，那天有一个和我同龄的女孩子，
在她母亲的引导下也找到了这尊佛像，看她跪在佛
像前烧香，我觉得可笑。不过看着那女孩子眉清目
秀的模样，我打消了顾虑。这么好看的女孩，长大
了总不会也变成这样的丑八怪吧。看来狰狞的佛像
和人间同龄人的相貌是没有关系的。

南京东路上的那四大公司——永安、先施、大
新、新新，小时侯我跟着父亲都去过，里面的商场

什么样印象不深了，在那里看戏听音乐的情景却一直记得。在我的记忆里，这四大公司不是商店，而是游乐场，是孩子们喜欢去的地方。现在的大商场都有孩子的游乐场，大概也是一种受欢迎的老传统的延续吧。

长大以后，对南京路的历史产生了浓厚的兴趣，知道这里的每一幢楼房，每一段道路，都有曲折的历史和辛酸的内涵，曾经有无数人在这里彷徨，在这里呐喊，在这里沉沦，在这里流血，在这里欢呼。我也曾目睹各种各样的游行队伍浩浩荡荡地从南京路走过，激昂的口号回荡在古老的楼房之间，也曾看到它的缤纷多彩如何被红色和黑色覆盖……

童年记忆中的南京路，已经成为历史，它是上海这个城市历史的一部分。现在的南京路，成了闻名世界的步行街，它依然繁华，依然丰富多彩，依然是上海最重要的标志性街道，它的热闹和丰繁和过去相比有过之而无不及。年轻人走在这条步行街上，感受到的是新时代的气象，历史已经变得模糊而遥远。尽管南京路上发生了很大的变化，但我认为它的骨骼血脉都还留存在那里，它的历史无法被割断，我们这一辈人对它的特殊感情也是不会消失的。正因为如此，南京路才不浅薄，才源远流长，才拥有恒久的生命力。

小鸟，你飞向何方

在黄昏的微光里，有那清晨的鸟儿来到了我的沉默的鸟巢里。

我喜欢泰戈尔的诗。还在读中学的时候，泰戈尔的诗就把我迷住了，一本薄薄的《飞鸟集》，竟被我纤嫩的手指翻得稀烂。那些充满着光彩和幻想的诗句，曾多少次拨动我少年的心弦……

《飞鸟集》破损了，我渴望再得到一本。然而，这个小小的愿望，竟成了梦想。我的那本破烂的《飞鸟集》，被人拿去投入街头烧书的熊熊烈火中，暗红色的灰烬在火光里飞舞，飘飘洒洒，纷纷扬扬。我仿佛看见老态龙钟的泰戈尔在火光里站着，烈火烧红了他的白发，烧红了他的银须，也烧红了他朴素的白袍。他用他那冷峻而又安详的目光注视着这一切，看着，看着，他的神色变了，似有几许惊恐，几许不安，也有几许愤怒，几许嘲讽……

我还是喜欢泰戈尔。在动乱的岁月里，我默默地背诵着他的诗，以求得几分心灵的安宁。"诗人的风，正出经海洋和森林，求它自己的歌声。"我陶醉在他所描绘的大自然中了——那宁静而又浮躁的海洋，那广袤而又多变的天空，那温暖而又清澈的湖泊，那葱郁而又古老的森林……

有一天，我忽然异想天开了：到旧书店去走走，看能不能找到几本好书。结果，当然叫人失望。但，我发现，有时还会有几本"罪当火烧"的书出现在书架上，或许，这是由于店员的粗心吧。于是，我抱着几分侥幸，三天两头往旧书店跑。一个星期天的早晨，我又走进冷冷清清的旧书店。我的目光，久久地在一排排大红的书脊中扫动。突然，我的眼睛发亮了：一条翠绿色的书脊，赫然跻身在一片红色之间。啊，竟是《飞鸟集》！

该不会有另一种《飞鸟集》吧？我不相信自己的眼睛，仔细一看，果真有泰戈尔的名字。随即，我又紧张了，是的，这年头，得而复失的太多了。挤压着《飞鸟集》的一片红色，又使我想起街头那一堆堆焚书的烈火，那漫天飞扬的纸灰……我赶紧向书架伸出手去。

几乎是同时，旁边也伸出一只手来，两只手，都紧紧地捏住了《飞鸟集》。这是一只瘦小白皙的手，一只小姑娘的手。我转过脸来，正迎上两道清亮的目光——一个中学生模样的小姑娘站在我身旁，抬起脸看着我，白圆的脸上，一双清秀的眼睛眨巴眨巴地闪动着，像一潭清澈见底的泉水，微波起伏，平静中略带点惊讶。

我愣住了，手捏着书脊，不知如何是好。还是她开了口："你也要它吗？那就给你吧。"声音，清脆得像小鸟在唱歌。

我的脑海里忽然旋起个念头：在这样的时候，她还会喜欢泰戈尔？莫非，她根本不知道这是怎样一本书？于是，我轻轻问道："你知道，这是谁的书？"

"谁的书？！"小姑娘抬起头来，颇有些惊奇地看着我，秀美的眼睛睁得滚圆，转而，开心地笑起来，一边笑，一边做了个鬼脸："这是一个老爷爷的书，一个满脸白胡子的印度老爷爷。我喜欢他。"说罢，用手做着捋胡子的样子，又咯咯地笑了。如同平静的池塘里投进了一颗石子，笑声，在静静的店堂里荡漾……

啊，还真是个熟悉泰戈尔的！我多么想和她谈谈泰戈尔，谈谈我所喜欢的那些作家，谈谈几乎已被人们遗忘了的世界呵！然而，这样的年头，这样的场合，这样的谈话肯定是不合时宜的，即便年轻，我还是懂得这一点。小姑娘见我呆呆地不吭声，唰地一下把

《飞鸟集》从书架上抽下来，塞到我手中："给你吧，我家里还藏着一本呢！"没等我做出任何反应，她已经转身离去了。我只看见她的背影：一件淡紫色的衬衫，上面开满了白色的小花；两根垂到腰间的长辫，随着她轻快的脚步摆动……

她走了，像一缕轻盈的风，像一阵清凉的雨，像一曲优美的歌……

夏天的飞鸟，飞到我窗前唱歌，又飞去了。

旧书店里的那次邂逅，留给我的印象竟是那么强烈。真的，生活中有些偶然发生的事情，有时会深深地刻进记忆中，永远也忘记不了。我不知道那个小姑娘的名字，甚至没有看仔细她的容貌，但，她从此却常常地闯到我的记忆中来了。当我看着那些在街头吸烟、无聊踯躅的青年，心头忧郁发闷的时候，当我两眼茫然迷离的时候，她，就会悄悄地站到我的面前，眨着一对明亮的眼睛，莞尔一笑，把一本《飞鸟集》塞到我手中，然后，是那唱歌一般悦耳的声音："这是一个老爷爷的书，给你吧，我家里还藏着一本呢！"……

她使我惶乱的思想得到一丝欣慰，她使我空虚的心灵得到几分充实。她使我相信：并不是所有的青年人都忘记了世界，抛弃了前人创造的文化，抛弃了那些属于全体人类的美的事物！

有时，我真想再见到这位小姑娘，可是，偌大个城市，哪里找得到她呢？有时，我却又怕见到她，因为，在这些岁月里，有多少纯真的青年人变了，变得世故，变得粗俗，就像炎夏久旱之后的秧苗，失去了水灵灵的翠绿，萎缩了，枯黄了。我怕再见到她以后，便会永远丢失那段美好的回忆。

一次，我在街上走着，迎面过来几个时髦的姑娘，飘逸潇洒的波浪长发，色调浓艳的喇叭裤子，高跟鞋踏得笃笃作响，香脂味随着轻风飘漾。她们指手画脚大声谈笑着，毫无顾忌，似乎故意招摇过市，引得路人纷纷投去惊奇的目光。在路人的目光之中，不无鄙视。不过对那些衣着打扮，我倒并没有反感，只是她们的神态……

我忽然发现，这中间有一张似曾相识的脸——呵，难道是她？是那个在书店遇见的姑娘！真有点儿像呀！我的心不禁一阵抽搐。我迎上去，想打招呼，她却根本不认识我，连看都不看一眼，勾着女伴的颈脖，嬉笑着从我身边走过去。哦，不是她，但愿不是她，我默默地安慰着自己，呆立在路边，闭上了眼睛……

是的，这绝不会是她。然而，这件小事却给了我心头重重一击。工作之余，我又打开泰戈尔的诗集。泰戈尔，这位异国的诗人，毕竟离我们遥远了，他怎么能回答我们这一代青年人的疑虑和苦恼呢！他的一些含着神秘色彩的诗句，竟使我增添许多莫名的忧愁和烦闷。"有些看不见的手指，如懒懒的微风似的，正在我的心上，奏着潺潺的乐声。"可"我知道我的忧伤会伸展开它的红玫瑰叶子，把心开向太阳"！

冬天的小鸟啁啾着，要飞向何方？

历经了一场肃杀的寒冬，春天来了。经过冰雪的煎熬，经过风暴的洗礼，多少年轻的心灵复苏了，他们告别了愚昧，告别了忧郁，告别了轻狂，向光明的未来迈开了脚步。就像泥土里的种子，悄悄地萌发出水灵灵的嫩芽，使劲顶出地面，在春风春雨里舒展开青翠的枝叶……

恍若梦境，我竟考上了大学。去报到之前，我清理着我的小小的书库，找几本心爱的书随身带着，第一本，就想到了《飞鸟集》。啊，她在哪里呢？那个许多年前在书店里遇见的小姑娘！此刻，即使她站在我面前，我大概也不会认识她了，可是，我多么想知道，她在哪里……

人流，长长不断的人流，浩浩荡荡涌向校门。我随着报到的人群，慢慢地向前走着。不知怎的，我仿佛有一种预感——在这重进校门的队伍中，会遇见她。于是，我频频四顾，在人群中寻找着。

一次又一次，我似乎见到了她——她背着书包走过来了。脚步，已不似当年轻盈，却稳重了，坚定了；身上，还是那一件淡紫色的衬衫，上面开满了白色的小花；两根垂到腰间的长辫，轻轻地晃动着……

这不过是幻觉而已，我找不到她。在这源源不绝的人流里，有那么多的小伙，那么多的姑娘，哪有这样巧的事情呢。可是，我的心头还是涌起了几分惆怅，眼前，仿佛又掠过几年前在街头见到的那一幕……

有人撞到我的脚跟上，我一下子从沉思中惊醒。身边，是笑声，是歌声，是脚步声。我不禁哑然失笑了。脑海中，突然跳出几行不知是谁写的诗句来：

　　　　你呀，你呀，何必那么傻，

　　　　经过一场风寒，就以为万物肃杀。

　　　　闻一闻风儿中春的芳馨吧，

生活，总要向美好转化！

我抬起头来，幽蓝的天空，辽远而又纯净——这是春天的晴空啊！一群又一群鸟儿从远方来了，它们欢叫着，扇动着翅膀，划过透明的青天，飞啊，飞啊，飞……

小黑屋琐记

一

因为没有窗,这里分不出白天黑夜——所以叫它小黑屋。

8个平方,四面板壁,书桌、床,以及快堆到天花板的书和杂志这就是它的全貌。

三面板壁隔着邻居,隔壁人家的声音丝毫不漏,全部传到这里——夫妻吵架、孩子哭笑、收音机里的相声、电视机里的球赛……

一面板壁隔着走廊兼厨房,板壁缝隙里,常常钻进各种各样的气味——鱼腥、肉香、葱、蒜、油、醋……

一盏 8 瓦的小日光灯，便足以把它照亮了。柔和的白光，整日抚摸着这里的一切……

在这里，我几乎度过了整个青年时代！

二

花儿在这里要枯萎，鸟儿在这里不肯唱歌。人呢，人在这里怎么样？

是的，假如混沌，它可以成为笼子，牢牢囚禁我的思想；假如颓丧，它可以成为坟墓，活活埋葬我的青春。

而我，却流着汗，憋着气，忍受着四面夹击的噪音，在这里长大了. 成熟了，走上了一条追求光明和艺术的道路。

我深深地感谢我这间小屋。我也常常问自己：是什么，使我留恋这幽暗的小天地呢？

三

它曾经空空如也——空荡荡的摆设，空荡荡的思想。

我在这里拉过琴，琴声无力地呻吟着，在四堵板壁间回旋，并且，惹恼了四面人家……

我在这里学过画，画笔蘸着惆怅，画出来的也只能是一片迷茫……

8瓦的小灯光线微弱，然而用它为一个读书人照明，是绰绰有余了。当书页沙沙地在这里掀动时，我的心也逐渐亮起来。是的，它越来越小——这是因为书占据的空间越来越多。是的，它越来越大——这是因为在知识的瀚海之中，我越来越感觉到自己的渺小和无知。

在这里，我终于富有起来，充实起来。给予我的，是无数令人崇敬的先人——

普希金和雪莱在为我吟诗……

泰戈尔老人用他奇妙的语言，为我讲述许多神秘的故事……

杰克·伦敦和海明威大声地告诉我：人生，就是搏斗！

黑格尔和克罗齐娓娓而谈，为我讲授着美学……

还有我们民族那么多才华横溢的祖先，为我唱着永不使人厌倦的优美的歌……

古老的、新鲜的、艰深的、晓畅的，互相掺杂着向我涌来，需要我清理，需要我挑选……

我像一个淘金者，在幽暗的矿井里采掘灿然的黄金。采不完的金子呵！

四

一张字条，赫然钉在门楣上：禁止抽烟！

对不起，来做客的朋友，你一支烟，可以使这里整整 24 个小时浊烟缭绕。对不起，朋友。

然而这并不会妨碍我们交谈，并不会妨碍友谊的清泉在这里流淌……

来吧，我们谈古论今，让我的小黑屋成为一艘船，驶回远古，漂向未来，周游天涯海角……

来吧，我们互相吟诗，吐露心曲，让心儿变成小鸟，从这里飞向辽阔自由的天空……

一位搞美术的朋友来到这里，环顾左右，好奇的目光四面碰壁了。她说："等着，我要为你开一扇窗。"于是，几天之后，我的墙上出现了一幅油画——不，是一扇美妙的小窗，窗外，是金黄的田野，蔚蓝的河流，阳光在缤纷的树林里流动……

一位作曲的朋友在这里坐了几分钟，捂着耳朵走了。第二天，他为我捧来一台录音机，于是，这里有了音乐，贝多芬、柴可夫斯基、莫扎特、肖邦常常到这里抚慰我了……

你们不会忘记这里吧，朋友，尽管在这里不能抽烟。而它，我的小黑屋，也不会忘记你们的！

五

笃、笃、笃，走廊里有人敲板壁。邻家大婶又隔着板壁喊了："我能剁肉么？要是影响你写文章，我就到晒台上去。"……

"嘘——"另一面隔壁有人在训孩子，是那位爽朗的纺织女工，虽然声音压得很低，还是听得很清楚，"不许闹，叔叔在隔壁写诗，再闹，晚上不许看电视！"……

"呀——"门被推开了，走进来的是前楼的娃娃："叔叔，今天幼儿园老师教我们一首诗，我念给你听，好么？"……

生活，在我的四周行进着，脚步杂乱，却亲切。

无数善良温暖的心灵，在我的四周跳动，像夜空里一片晶莹闪烁的星星……

人们呵，你们，按你们的节奏生活吧。这不会干扰我的思索，不会妨碍我用笔在雪白的纸上倾吐心声。我，也是你们中间的一个分子，我在这里为你们歌唱……

在黑暗中寻觅到的光明，是永远不会黯淡的。

在狭窄中追求到的辽阔，是永远不会缩小的。

在贫瘠中创造出的丰饶，是永远不会枯竭的。

也许，我将告别它，搬进一间宽敞的有窗户的房子，心灵和躯体，都将得到阳光的沐浴。然而我怎么会忘记它呢！

此刻，正是深夜，万籁俱寂。只有我这盏 8 瓦的小灯，在四壁之间闪耀；只有桌上的闹钟，在用那永不变化的节奏和语气，庄严地宣告着旧的结束、新的开始——嘀嗒、嘀嗒、嘀嗒……

突然想起刘禹锡的《陋室铭》来：

山不在高，有仙则名。水不在深，有龙则灵。斯是陋室，惟吾德馨。苔痕上阶绿，草色入帘青。谈笑有鸿儒，往来无白丁。可以调素琴，阅金经……孔子云：何陋之有！

望月

船舱里突然亮起来，一缕银白色的光芒，从开着的窗口里幽然射入，在小小的舱房里无声无息地飘，飘……

是月亮出来了！入睡以前，天空是黑沉沉的，浩瀚的天幕墨海一般倒悬在头顶，没有一颗星星。辽阔的长江从漆黑的远天中奔泻下来，只听见江水浑厚沉重的叹息声。

我搬一把椅子，悄悄走到甲板上坐下来。夜深人静，甲板上没有第二个人，只有我的影子，长长的黑黝黝地拖在我身后的舱壁上。

月亮是出来了。不知在什么时候，它挣脱了云层的封锁，粲然跃现在天幕中，骄傲而又安详地吐洒着它的清辉。这是一个残缺的月亮——就像开在天上的一扇又圆又亮的窗户，窗户的右上角被一方黑色的窗帘遮着；又像是一个寒光闪烁的冰球，球体的一部分已经开始融化……

月亮改变了夜天的形象。云层在它的周围逐渐溃散着，消失着，不可思议地融化在它清澈晶莹的光芒中，只留下一层透明无形的轻绡，若有若无地在它们面前飘来飘去，形成一圈虹彩似的光晕。星星们一颗一颗跳出来了。漆黑的夜天变成了深蓝色，那是一片孕育着珠贝珍宝的神奇的海……

月光洒落在长江里，江面被照亮了，流动的江水中，有千点万点晶莹闪烁的光斑在跳动。很多不规则的波纹，在水面起伏变幻着，仿佛是无数神秘的符号。江两岸，芦荡、树林和山峰的黑色剪影，在江天交界处隐隐约约地伸展起伏着，月光为它们镀上了一层银色的花边……

偶然回头时，竟发现身边多了一个人。这是跟随我出来旅行的小外甥，明明刚才还睡得很香，此刻居然已经搬着一把椅子坐到了甲板上。

"是月亮把我叫醒了。"小外甥调皮地朝我眨了眨眼睛，又仰起头凝望着天上的月亮出神了。不知道他在想什么。小外甥是五年级小学生，聪明好学，爱幻想，和他交谈是一件很愉快的事情，他常常用许多问题逼得我走投无路。

"我们来背诗好么？写月亮的，我一首你一首。"小外甥向我挑战了。写月亮的诗多如繁星，他眼睛一眨就是一首。

他背："床前明月光，疑是地上霜……"

我回他："明月几时有，把酒问青天……"

他背："月上柳梢头，人约黄昏后……"

我回他："海上生明月，天涯共此时……"

他背："……天阶夜色凉如水，卧看牵牛织女星……"

我回他："……嫦娥应悔偷灵药，青天碧海夜夜心。"

……

诗，和月亮一起，沐浴着我们，笼罩着我们，使我们沉醉在清幽旷远的气氛中。小外甥在自己小小的诗歌库藏中搜索着，不知是山穷水尽了，还是背得有些腻烦了，他突然中止了挑战，冒出一个问题来：

　　"你说，月亮像什么？"

　　他瞪大眼睛等我的回答，两个乌黑的瞳仁里，各有一个亮晶晶的小月亮闪闪发光。

　　"你说呢？你觉得月亮像什么？"

　　"像眼睛，独眼龙，老天爷的一只眼睛。"小外甥几乎不假思索地回答。

　　他的比喻使我愣了一愣。于是我又问："你说说，这是一只什么样的眼睛？"

　　小外甥想了一会儿，说："这是一只孤独的眼睛，它用冷淡的眼光凝视着大地。别看它冷淡得很，其实很喜欢看我们的大地，所以每一次闭上了，又忍不住偷偷睁开，每个月都要圆圆地睁大一次……"他绘声绘色地说着，仿佛在讲一个现成的童话故事。

　　而我，却交了一次白卷。因为我觉得自己的想象力远不如小外甥。

　　"你听过贝多芬的《月光曲》吗？"小外甥的思路像月光一样飘飞着，他又想到了音乐，"我们的语文课本里，有一篇文章就是讲《月光曲》的，我能背下来，你要不要听？"

　　他大声背起来，清脆的声音在月光下回荡，那么清晰：

　　"……一阵风把蜡烛吹灭了，月光照进窗子来，茅屋里的一切都像披上了一层银纱。贝多芬望了望站在身边的穷兄弟姐妹，借着清幽的月光按起琴键来。

　　"皮鞋匠静静地听着，他好像面对着大海，月亮正从水天相接的地方升起来。海面上霎时间洒遍了银光。月亮越升越高，穿过一缕缕轻纱似的微云。忽然，海面上刮起了大风，卷起了巨浪，一个个被月光照得雪亮的浪花向着岸边涌来。皮鞋匠看了看他妹妹，月光正照在她那张恬静的脸上，照亮了她从来没有看到过的景象——在月光照耀下波涛汹涌的大海……"

在小外甥的背诵里，我的耳边分明响起了琴声，琴声如月光，琴声如月下流水……这是一个发生在月光中的动人故事，伟大的贝多芬在这个故事里写出了不朽的《月光曲》，他把月光化成了美丽的琴声。从此，在那些没有月亮的黑夜里，他的琴声宁静而又忧伤地向人们描绘着莹洁清澈的月光，这月光永远不会消失。

天边那些淡淡的云絮在不知不觉中聚齐起来，变得密集、沉重，一会儿，月光就被云层封锁了。天空又突然幽黑深涩起来，只有离月亮很远的地方还闪烁着几颗星星。

"月亮困了，睁不开眼睛了。"小外甥打了个呵欠，摇摇晃晃走回舱里去了。

甲板上又只留下我一个人。我久久凝视月亮消失的地方，那里又一片隐隐约约的亮光。是的，这亮光是蕴涵无穷的，这是诗和音乐的泉眼，它使我焕发了童心，轻轻地展开了幻想的翅膀……

第三辑

亲情的暖流

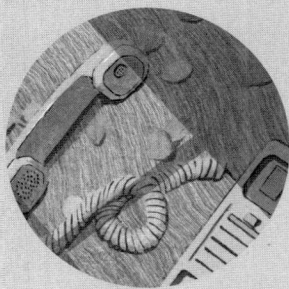

给母亲打电话

母亲的声音，从电话那头传过来，语速很慢，含混不清，仿佛远隔着万水千山。我的话，她似乎听不见，最近经常是这样。我在网上搜索助听器，挑选了一款最好的。我想让母亲尽快用上助听器，希望她能恢复听力。

母亲今年 98 岁了，我每天晚上和她通电话，二十多年没有中断过。不管我走到哪里，哪怕到了地球的另一边，我也要算准时差，在北京时间晚上九点半给母亲打电话，她在等我。如果接不到我的电话，她会无法入睡。和母亲通电话，已经成了我生活中的必须之事。

　　母亲是敏感细腻的人，在电话中，她总是轻声轻气，但思路很清晰。和母亲通电话，话题很丰富，从陈年往事，到日常生活。母亲喜欢回忆往事，前些年，她总是在电话里问我："还记得你两岁的时候吗？"她说，"我下班回来，你正坐在马桶上，看到我，裤子也不拉就从马桶上跳起来，奔过来，光着屁股，嘴里不停地大声喊着妈妈。"母亲这样的回忆，使我感觉自己还是个孩子。

　　母亲常常在电话中问我："你又在写什么文章？你又出了什么新书？"这样的问题，在我年轻的时候母亲从来不问我。我一直以为母亲对我的写作不感兴趣，所以也从不把我的书送给她。

　　但是后来我发现，母亲其实非常关心我的写作，在我家老宅的一间暗室中，有一个书橱，里面存放着我多年来出版的每一本书，这是母亲背着我想方设法收集来的。这使我惭愧不已，从 2000 年开始，每出一本新书，都先送给母亲。母亲从老宅搬出来住进了高层公寓，客厅里有了几个大书柜。但她觉得书柜离她太远，便在卧室的床边墙角自己搭建了一个书架，放的都是我近年送给她的新书。我知道她珍视这个自制的小书架。她说："这是你在陪我。"

母亲性格独立好强，一个人住在八楼的公寓中，一直拒绝请人陪护，也不要钟点工，坚持生活自理。好在哥哥住在对门，每天会过来照顾她。几个姐姐，也常常轮流来陪她。我的儿子为她买了一部手机，还教会她用手机收发微信，用手机视频。从孙子那里学习新鲜的事情，对她是莫大的快乐。但是我不习惯视频，每次通电话，还是打母亲的座机。

最近，感觉母亲的听力在一天天减弱，我说的话她常常听不清楚，有时答非所问。我们通话的时间，也在一天天缩短。很多次，我打电话到母亲家，电话忙音。我知道，那是母亲的电话话筒没有搁置好。打她的手机，她也不接。没办法，只能打电话给哥哥，哥哥从对门赶过来，检查了母亲的电话，然后我再打过去。

前些日子，我带着助听器去看望母亲。母亲戴上助听器，高兴地说："好，现在能听清楚了。"看着母亲的笑容，我无法形容内心的欢欣。我想，以后母亲可以像以前一样和我通电话了。我没想到，助听器的效果，其实并不太好，有时会发出很大的嗡嗡声，母亲难得把它戴在耳朵上。但她总是在电话里夸奖助听器，她是想让我高兴，让我觉得这个助听器没有白买。

母亲的听力大概很难恢复了，但我还是每天准时给她打电话。我们无法再像从前那样谈心聊天，不管我说什么，不管我问她什么，她总是自顾自说话。电话里，传来母亲一遍又一遍的叮嘱："你别熬夜，早点睡啊。"世界上，有什么比母亲的声音更温暖更珍贵呢！

站起来，父亲！

又要过年了，心里格外惦记病中的父亲。

父亲生于辛亥年，今年刚好 80 岁。年轻时父亲也曾经想叱咤风云干一番事业，但他却没能有大的成功。中年时父亲变得体弱多病，一家老小都为他担忧。曾有算命先生预测他难过 57 岁，说这一年对他来说好比"骑马过竹桥"，凶多吉少。57 岁时，父亲真的大病一场，然而却安然无恙。年过古稀之后，父亲的身体反倒显得硬朗起来，退休在家的他包揽了家务，还养了一只猫，生活得有滋有味，比从前开工厂办实业时轻松得多。前几年我住浦东时，父亲常常会一个人从闹市区"长途跋涉"来我家，爬五层楼他气也不喘。每逢过年，几代人团聚时，大家都祝父亲青春常在，老人家乐得合不拢嘴。

几个月前，父亲半夜起床时摔了一跤，不幸折断了胫股骨，于是住院手术，换了一个人工关节。长时间卧床不动，对以前一直好走动的父亲来说，无异于一种残酷的刑罚。手术后回到家中，还是不能下床，他发现自己全身的关节似乎都僵硬了，不要说走路，就是站立也非常困难，撑着两根拐杖挪动几步，便累得直喘气。父亲坐在床上，抚摸着不听使唤的腿脚，面对默默地精心服侍他的母亲，不禁老泪纵横："我老了，真的老了，不行了！"

父亲对自己的康复毫无信心，他甚至懒得下床练走路。我们兄弟姐妹聚在一起商量如何帮助父亲，觉得他此刻病在精神而不在筋骨，如果不使他恢复自信，鼓起勇气，那就真的难以康复了。于是大家设法鼓励父亲。

我对父亲说:"你年轻时,再大的挫折也压不倒你,现在这点伤痛,难道就不能克服了?恢复行走需要一段时间,你不要急,慢慢锻炼。"这是正面引导。

姐姐把鲜花插到父亲床头的花瓶里,然后一本正经地说:"希望你能和去年一样,到我家来吃年夜饭。怎么,你不想来?想叫我们背你可不行,要靠你自己走!"这是激将法。

妹妹笑着对父亲说:"你那个新关节是不锈钢的,比我们所有人的关节都结实耐磨,你愁什么呀!"这是俏皮的鼓劲。

父亲是个通情达理的人,我们的劝说使他心情开朗了许多。他开始下床来努力练习走路。和父亲住在一起的哥哥一有空就帮着父亲锻炼。两位当工程师的姐夫想得更周到:一位姐夫设计了一套健腿操,不仅教会了父亲,还陪父亲一起做;另一位姐夫赶到豫园商场选购了一根漂亮而轻巧的手杖,说是让父亲走路时增加一个支点,增添几分风度。

父亲终于从悲观颓丧中解脱出来，开始在卧室里扶着床慢慢挪步，家里响起他频率不齐却极有生气的脚步声……

一个阳光灿烂的上午，父亲突然打电话给我，他的声音有些颤抖，显然很激动，他说："我刚才走到马路上去晒太阳了！"

好，父亲，我为你高兴，也为你骄傲！等过年我们家族团聚时，我还要举杯祝福：父亲，愿你青春常在！

学 步

儿子，你居然会走路了！

我和你母亲永远不会忘记这一天。在这之前，你还整日躺在摇篮里，只会挥舞小手，将明亮的大眼睛转来转去，有时偶尔能扶着床沿站立起来，但时间极短，你的腿脚还没有劲儿，无法支撑你小小的身躯。这天，你被几把椅子包围着，坐在沙发前摆弄积木，我们只离开你几分钟，到厨房里拿东西，你母亲回头望房里时，突然惊喜地大叫："啊呀，小凡走路了！"我回头一看，也大吃一惊——你竟然站起来推开了包围着你的椅子，然后不倚靠任何东西，自己走到了门口！我们看到你时，你正站在房门口，脸上是又兴奋又紧张的表情，看见我们注意你时，你咧开嘴笑了，你似乎也为自己能走路而感到惊奇呢。

从沙发前到房门口不过四五步路，这几步路对你可是意义不凡，这是你人生旅途上最初的几步独立行走的路。我们都没有看见你如何摇摇晃晃地走过来，但你的的确确是靠自己走过来了。当你母亲冲过去一把将你抱起来时，你却挣扎着拼命要下地。你已经尝到了走路的滋味，这滋味此刻胜过你世界里已知的一切，靠自己的两条腿，就能找到爸爸妈妈，就能到达你想到达的地方，那是多么奇妙多么好的事情！

你的生活从此开始有了全新的内容和意义。只要有机会，你就要甩开我的手摇摇晃晃走你自己的路。你在床上走，在屋里走，在马路上走，在草地上走；你走着去寻找玩具，走着去阳台上欣赏街景，走着去追赶比你大的孩子们……

儿子，你从来不会想到，在你学步的路上，处处潜伏着危险呢。在屋里，桌角、椅背、床架、门，都可能成为凶器将你碰痛，当你踉踉跄跄在房间东探西寻时，不是撞到桌角上，就是碰翻椅子砸痛脚，真是防不胜防。已经数不清你曾经多少次摔倒，数不清你的头上曾被撞出多少个乌青和肿块。每次你都哭叫两声，然后脸上挂着泪珠爬起来继续走你的路。摔跤摔不冷你渴望学步的热情。在室外，你更是跃跃欲试，两条小腿像一对小鼓槌，毫无节奏地擂着各种各样的地面。你似乎对平坦的路不感兴趣，哪里高低不平，哪里杂草丛生，哪里有水洼泥泞，你就爱往哪里走，只要不摔倒，你总是乐此不疲。这是不是人类的天性？在你未来的人生旅途上，必然会遇到无数曲折、坎坷和泥泞，儿子啊，但愿你不要失去了刚学步时的那份勇气。

你开始摔倒在地的时候，总是趴在地上瞪大眼睛望着我们，你觉得有点儿委屈，但很快习惯了，并且学会了一骨碌爬起来，再不把摔跤当一回事。那次你沿着路边的一个花坛奔跑，脚下被一块大石头绊了一下，我们在你身后眼看着你一头撞到花坛边的铁栏杆上，心如刀戳，却无法救你——铁栏杆犹如一柄柄出鞘的剑指着天空！你趴在地上，沉默了片刻，才放声哭起来。我奔过去把你抱在怀中，不忍看你额头的伤口，我担心你的眼睛！好险啊，铁栏杆撞在你的额头正中，戳出一道又长又深的口子，血沿着你的脸颊往下流……

你的额头留下了难以消退的疤痕，这是你学步的代价和纪念。

儿子，你的旅途还只是刚刚开始，你前面的路很长很长。有些地方也许还没有路，有些地方虽有路却未必能通向远方。生命的过程，大概就是学步和寻路的过程，儿子啊，你要勇敢地走，脚踏实地地走。

二寸之间

古人有一个很有意思的比喻，两代人之间，即父母和子女间的距离，为一寸，而祖孙之间的距离，为二寸。这一寸和二寸间的距离，对从前的人来说，差距并不太大，中国人几代同堂，老少共居一室，亲密无间，是非常普遍的事情。不要说二寸，即便是"三寸"，也不是遥不可及的关系。

我没有见过我的祖父，在我出生前的很多年，他就去世了。祖父是崇明岛上一个租别人的田地耕种的穷人，生前没有留下照片，我不知道他长得什么模样，据说很像我父亲，不过我无法想象。我的祖母却在我的童年生活中留下了无比亲切的记忆。我和祖母的接触，也就是童年的三四年时间，我吃过祖母烧的饭菜，穿过祖母做的布鞋，祖母在灯下一针一线为我们几个调皮的孙儿补袜子的情景，在我的记忆中如同一幅温馨的油画。在记忆里，祖母是慈爱的象征，我至今仍清晰地记得她的微笑和声音，记得她枯瘦的手抚摸我脸颊的感觉。

我的外公和外婆去世得更早，我只是在母亲那本发黄的老相册上见过外公和外婆。外公是一个非常英俊的男人，照片上他目光炯炯地盯着我，但我却无法在他的凝视下产生一点亲切感。而我的外婆，在我母亲还是婴儿时就撒手人寰，她是在分娩时去世的，生下的男孩，也就是我最小的舅舅，也没有活过一个月。照片上的外婆是一个绝色美女，眉眼间流露出深深的哀伤，仿佛在拍照时就预感到自己悲剧的命运。尽管母亲曾给我讲过不少关于外公和外婆的故事，但我的感觉，这更像是小说中的情节，和我的关系不大。但是，另一个外婆的形象，在我的记忆中却和祖母一样亲切。这外婆并不是母亲相册中那个表情哀伤的美女，而是另外一位慈眉善目的白发老人。我的亲外婆去世后，外公又续弦娶了一个女人，这就是以后和我有了千丝万缕关系的另一个外婆。我和外婆住在同一个屋檐下的时间很短，还不到一年，那是在我4岁的时候。印象中外婆是个劳碌的人，照顾着很多人的衣食起居，一天到晚忙着，没有时间和我说话。后来，我们全家搬出去住了，去外婆家，就成了我们生活中的一件经常的事情。等我稍大一点，我发现外婆原来是一个很有情趣的人。一次，我去看外婆，她从床底下的一个箱子里拿出几本线装书，还是她当年读私塾时用过的书，一本是《千家诗》，另一本是《古文观止》。她说："这里面的诗，我现在还能背。"我便缠着外婆要她背古诗，她也不推辞，放开喉咙就大声背了起来："清明时节雨纷纷，路上行人欲断魂……""二月湖水清，家家春鸟鸣……"外婆背唐诗摇头晃脑，像唱歌一样，一副陶然自得的样子。她说，小时候读私塾时，老师就是这样教她背的，背不出，要用板子打手心。外婆喜欢的唐诗大多是描绘春天景色的，听她背诵这些诗句，使我心驰神游，飞向春光烂漫的大自然。外婆和我住在同一个城市里，每年春节，我们都要去给她拜年。从我的童年时代一直到中年，年年如此。小时候是跟着父母去，成家后是和妻子一起带着儿子去。外婆长寿，活到94岁，前年刚去世。去世前不久，我带儿子去看她，她躺在床上，还用最后的力气背唐诗给儿子听。

儿子和外婆之间，是"三寸"的关系了，他对外婆的称呼是"太太"。看到他和外婆拉着手交谈，我感到欣慰。儿子不知道什么"二寸"和"三寸"，但我让他从小就懂得要爱长辈，要关心老人。儿子和我的父母这"二寸"之间，可谓亲密无间。7年前，父亲卧病在床，我无法带儿子天天去看他，儿子每天放学回家先打一个电话给父亲，祖孙之间的通话很简单，总是儿子问："公公，你好吗？""公公，身上痛不痛？"然后是父亲问孙子："你在学校里快乐吗？""功课做好了没有？"就是这样简简单单的对话，对我的父亲来说，却是他离开人世前最大的快乐。听听孙子稚气的声音，感受来自孙辈的关怀，胜过天下的山珍海味。

　　外婆去世后，我便再也没有可以维系的"二寸"之间的长辈关系了。每年春天，我和儿子总要陪着母亲去扫墓。站在长辈的墓前，遥远的往事又回到了眼前，亲近犹如昨天。"一寸"和"二寸"之间，此时便又失去了距离。

男子汉

　　夜里回家，楼梯上一片漆黑，以前，总是你紧紧地抓住我的手，极小心地一步一步往上走。从一楼走到三楼，你的小手心里会紧张得出汗。我知道，你有些害怕。

　　今天怎么啦，你站在楼梯口，对着黑洞洞的空间抬头望了一会儿，突然甩开我的手大声地说："爸爸，我不要你搀，我自己走！"

　　好，试试看吧。总有一天你要自个儿在这楼梯上走的，不管白天还是夜里。

　　你走在前面，把楼梯蹬得咚咚作响。黑暗中，我看不见你，但我可以想象你瞪大了眼睛的恐惧表情。

到楼梯转弯的地方，你停住了脚步。我依稀看见你回过头来，但还是看不清你的脸。我想，你大概害怕了，在那里等着我来拉你的手了。

"爸爸，你不要害怕！"黑暗中，突然响起你脆嘣嘣的声音，"你不要害怕，有我呐！我在这儿保护你！"

我忍不住扑哧一声笑了。小家伙，居然学着大人的腔调来安慰我了。你呀，大概还是为了给自己壮胆吧。

我走到楼梯转弯处，拉住了你的手。你抬起头来，瞪大亮晶晶的眼睛凝视着我，过了一会儿，才轻声问道："爸爸，你害怕吗？"

"不，我不害怕。你呢？"

"我也不害怕。"你回答得很肯定，也很认真。

"你不是每次都要爸爸搀着你吗？今天你为什么不害怕了？"

"嗯……"你想了一想，答道，"因为我是男子汉，我长大了。"说着，你又甩开我的手，咚咚咚地一个人摸着黑向上走去。

一夜之间会长成个男子汉，那当然是笑话。不过你进步得这么突然，我有些奇怪。回到家里，我便问你妈妈了，她说："哦，昨天夜里，隔壁的一个孩子摸黑上楼，小凡正好站在楼梯口，给他看见了。他当时就觉得奇怪，问我：'为什么小哥哥不怕黑暗？'我告诉他：'小哥哥勇敢，他是个男子汉。等你长大了，也要当个男子汉。'他呆呆地听着，大概都记在心里了。"

哦，原来如此。隔壁小哥哥的榜样比爸爸妈妈的说教更有作用。你妈妈还眉飞色舞地告诉我一件发生在白天的事：妈妈带你去公园，在路上慢慢地走。一个小伙子骑自行车从后面蹿上来，车把在妈妈身上划了一下，妈妈痛得叫起来。骑车的小伙子放慢速度，回头睃了一眼，正准备加速离去，你突然飞奔上前，两只小手牢牢抓住自行车的尾架，口里大喊："叔叔，你怎么不讲礼貌？你把妈妈撞痛了你知道吗？你怎么不说对不起？不讲礼貌的叔叔不是好叔叔！"你平时说话并不怎么流畅，有时还结巴，这一番话却说得又急又快，把那位骑自行车的小伙子说得脸也红了，只得尴尬地回头含含糊糊打一声招呼，然后狼狈地离去。可你还没有完呢，更出人意料的动作还在后面——你又转身奔回妈妈身边，一边察看她被车把撞痛的部位，一边皱着眉头问："妈妈，你痛不痛？你受伤了没有？"还没等妈妈作答，你便伸出小手在她的背上、腰上乱揉一气，揉完之后，你把双手一挥，一本正经地宣布道："好了，现在没关系了！妈妈，咱们走，到公园去！"你妈妈讲完这件事，笑着对我说："我突然感到小凡长大了。他已经想到要做妈妈的保护人，实在出乎我的意料。"

"我是一个男子汉！"竟然成了你的一句口头语，来访的客人听了都忍不住要笑。

小凡，你讲给我听听，到底怎样才算是个男子汉呢？对于这个问题，我和你探讨过几次，答案全是由你一条一条想出来的。

"勇敢，才是男子汉。"

"身体好，力气大，能帮妈妈做事情，不惹妈妈生气，才是男子汉。"

"讲道理，有礼貌，才是男子汉。"

"摔倒了不哭，爸爸去开会也不哭，才是男子汉。"

"要爱护小弟弟小妹妹，看到小弟弟小妹妹摔倒了要把他们扶起来，才是男子汉。"

"看见老奶奶上车，要把座位让给她坐，才是男子汉。"

"对，这些讲得都不错，还有吗？"我问你。

"还有……"你眨巴着大眼睛，小手不住地摸着脑袋，"还有！爸爸写文章时，不能去捣蛋，才是男子汉；爸爸看新闻时，不能叫爸爸放《米老鼠和唐老鸭》，才是男子汉……"你又一口气讲了许多，然后抬头问道："对不对，爸爸？"

对不对呢？爸爸只能看着你笑。

"你说呀，对不对？"你锲而不舍地追问我，表情还挺严肃。

"好，就算对吧。那么，这一切你能不能都做到呢？"

这次，你回答得不是那么爽快。不过最后还是点头答应了。

"答应了就要做到——男子汉一诺千金，说话要算数。"

你瞪大眼睛盯了我半天，突然轻轻地问："那么，电视里老是放新闻，老是开会，我不喜欢看，怎么办呢？唐老鸭比新闻好看，爸爸，你说对吗？"

唉，小凡，要当个男子汉也不容易，咱们慢慢来吧。

意外

　　儿子一天天长大，他的小脑袋里常常有新鲜的念头生出来，举动也常常使我吃惊。

　　譬如，那天看完马戏演出回到家里，他一个人在桌前埋头坐了一会儿之后，突然举起画板兴奋地大叫："爸爸，你看！"画板以前只是他乱涂乱画的场所，能在上面画出一个圆圈再拖一条尾巴代表气球已算不错。可这一次，他的兴奋确实有道理：画板上，像模像样地蹲着一只动物。我只能把他的"作品"称之为动物，因为它似狗非狗，似猫非猫，那个比身体大出许多的圆脑袋上，有两个黑色的小耳朵，一对黑色的大眼睛，还有一个硕大无比的鼻子。小凡，你画的到底是什么呢？

"熊猫，一只熊猫！"他的回答毫不犹豫。那眉飞色舞的样子，仿佛是刚刚完成了什么惊人之作。小凡，我理解你的兴奋。这是你第一次进行的独立"创作"，这第一次对你可是非同小可。于是我微笑着鼓励道："不错，小凡画得不错。不过，下次画熊猫，该把耳朵画得大一点儿，要不然，我们说话它就什么也听不见了。你说对不对？"他点点头，又看看画板，脸上露出了不屑一顾的表情。几分钟后，画板上便又出现了一只新的熊猫，耳朵长得很大很大，像两把黑色的大扇子竖在头顶。

再比如，那一天上午，我正在书房里写作，身后那扇玻璃门被轻轻敲响了。回头一看，是小凡。他的小脸贴在玻璃上，鼻子被挤得扁扁的。他的表情很严肃，眼睛里流露出哀求的目光："爸爸，请你开一开门好不好？"我打开门，还没来得及问他进来想干什么，他却一本正经地问道："爸爸，有一件事情我想跟你商量，可以吗？"他的严肃和彬彬有礼使我感到意外，他的表情中闪过的忧郁绝不是一个不到 4 岁的孩子所应该有的。他首次使用"商量"这个词儿使我心头不由一震。小凡，你怎么啦？有什么事要和我商量？

我把门打开，让儿子进来。他瞪大眼睛凝视着我，过了一会儿，才轻轻地开口："爸爸，我一个人在家很孤独，没有人跟我玩，我想到托儿所去，可以吗？送我去吧！"他想去托儿所，已经跟我们讲了不止一次，然而从来不曾这样恳切，这样郑重其事过。为了使自己的理由充足，他又说："托儿所里有很多很多小朋友，我会跟他们很要好的。为什么不送我去呢？妈妈为什么不同意呢？爸爸，我们一起跟妈妈商量商量吧？"是的，妻子一直坚持要等孩子满 4 岁后再送他上幼儿园，而托儿所她认为没有必要送去，还是在家待着好，吃得好，睡得好。看来，为此付出的代价是，儿子体会到了"孤独"这个词的含义。

"好，我们一起去跟妈妈商量商量，等到下学期开始时，一定送你去托儿所。你会有很多小朋友的。"对于儿子的这种要求，任何人都不能不答应。我的回答使他的脸上绽开了笑靥。可是他还是不愿意结束这次谈话。那扇玻璃门被他的小手抓得紧紧的。"我还有一件事情要和你商量，爸爸。"他诡秘地笑着，压低了声音说。我连忙问："什么事情？"他走近我，踮起脚尖，小嘴贴近了我的耳朵低语道："爸爸，我今天还没有看《米老鼠和唐老鸭》呢！"

　　"好吧，看一集吧！爸爸陪你一起看。"于是，他的目光中愁云一扫而光。

　　每次儿子的言行使我感到意外时，我都感觉他在长大。我为此欣慰。一次，我们带儿子出去，坐公共汽车时人很挤，没有座位，小小的他在人们的脚丛里被挤得很难受，但他咬紧了牙一声不吭，像个小男子汉。行车途中，他身边一个靠窗的座位上有人下车，看到那个座位空下来，他挺高兴，抓住椅背就想往上爬，这时，有一个肥胖的中年妇女突然从前面奋力挤过来，抬腿抢先一步占据了那个座位，她的姿态可实在不美。儿子先是愣了一下，接着有点儿不高兴了。大概是这突然的插足者使他失去一次眼看已经到手的浏览窗外街景的机会，他愤怒而又迷惘地瞪着那个坐在椅子上美美地吁气的胖女人。他的一个膝盖已经跨到了椅面上，可他并不把脚放下来，而是固执地继续往上爬，试图在那胖女人身边挤出一席之地。

这样的以丑制丑，并不是美事。我立即把他从座上拉下来，并且俯身在他的耳畔厉声低语道："坐公共汽车抢座位是不对的。爸爸不是对你说过，应该把座位让给年纪大的人坐！"他用手指着身边的女乘客，大声回答我："可她又不是老奶奶！她为什么要抢座位？"说着，还是拼命往座位上爬。在拥挤的车厢里，我无法和他细说，只能用力按住他的肩膀，同时再三低声命令他："不许这样！"可他却大发牛脾气，一边挣扎，一边连声大喊："不！不！"我用手捂住他的嘴，想不到他竟一口咬住我的食指，而且紧咬住不放。如果在家里他这样任性不讲理，我一定要教训他，但在这人挤人的车厢里，我只能默默忍着，让他咬着我的手指发泄完他的委屈和恼怒。

儿子终于松口了，我没有骂他，只是把食指伸到他的眼前——食指上深深地刻下了一排牙痕。小凡，你把爸爸咬痛了！他一声不吭地盯着我的手指，我低视的目光无法看清他的表情。我想，等回到家里，我再和他讲道理。这以后，他一直不说话。回家后，脸上还是没有笑容。到家后一忙乱，我暂时把这事情忘记了。

大约两个小时以后，我坐在沙发上默默地看报，儿子在地上默默地玩他的小汽车。突然，他从地上一跃而起，扑到我的身上，低着头连声喊："爸爸，爸爸，我的好爸爸！"我发现他的声音有些异样，捧起他的小脸蛋一看，两只大眼睛里竟噙满了泪水。小凡，你怎么啦？他凝视着我，目光里充满了悔恨："爸爸，我以后再也不咬你了！我以后再也不咬人了！爸爸，对不起，请你原谅我。我再也不咬人了，永远也不咬人了！"好，爸爸原谅你了，好儿子！我没有想到他心里一直惦记着这件事，而且会主动道歉。我为他高兴，而且心灵深深地受到震颤。

儿子到了5岁，变得好动而调皮。在家里经常自说自唱大声叫嚷，而且会一个人手舞足蹈地玩耍。如果问他做什么，他说是在讲故事，讲什么故事，只有他自己知道。在讲这些故事时，他自己是其中的主人公。出门他也常常很不安分，有时候一转眼就不见了人影，等我开始紧张地呼叫时，他会突然从一棵大树或一扇门背后探出头对我做鬼脸，使我没法对他发脾气。有什么办法呢，活泼好动是孩子的天性，总不能因为怕吵闹而把他锁起来关起来。"请文雅一点！请安静一点！"这成了我对儿子说的两句口头禅。然而我的禁令没有持久的效力，他安静了片刻，便又开始发出声音来。只有在看动画片或者翻看一本好看的画册时，他才会安静得像一尊雕像。不过也有例外的时候。

就在几天前的晚上，我照常规带着他去附近的公园散步。说是散步，要他斯斯文文地跨方步几乎不可能。那天晚上，靠近大草坪时，他挣脱我的手向前奔去，这时天色已黑，几步之外就看不清人影，我猛然想起，草坪的入口处有一条细铁链拦着，在黑暗中根本看不见，他这样冒冒失失地奔过去，必定会被绊倒。于是我也奔跑着向前追去。可儿子却越过铁链奔了进去，被铁链绊倒的竟是我自己。我几乎双脚凌空扑倒在地，这一跤摔得实在不轻。我爬起来蹲在地上，好久说不出一句话。

"爸爸，你摔痛了没有？"大概是我摔倒在地的沉重声响使小凡回过头来，他奔到我身边，蹲下来用双手抚摸着我的脊背连连发问，"爸爸，你痛不痛？你怎么不说话呀？"

我抬起头来，在黑暗中看见了他那双瞪得大大的眼睛，他的目光除了焦灼和惊惧，还有一种一时难以确定的情绪。我这一跤使他惊奇，因为在他的眼光里，爸爸是无所不能的，爸爸永远以他的保护者的身份出现，总是他摔倒了，爸爸走过来把他扶起。而此刻，我们俩的关系似乎倒过来了。我这一跤大概也破灭了他心里的一个神话。他拉住我的手，用极其关怀的口吻轻轻地说："爸爸，你能站起来吗？你站起来好不好？"说着，他用力拉我站起来。等我站直以后，他马上俯下身子用手为我拍打裤子上的尘土。看到我仍然站着不动，他又小心地问："爸爸，你能走路吗？"我慢慢地走了几步，他这才安下心来。不过，他的小手始终紧拉着我，生怕我又会摔倒。我们俩一反往常地在草坪上慢慢踱步，并且有一番难忘的对话：

"爸爸，今天你摔跤，都是我不好。"

"为什么？"

"因为我乱跑。你不来追我，就不会摔跤了。"

"不，不怪你，怪我自己不小心。"

"爸，你还痛不痛？"

"不痛了。"我问，"爸爸摔倒了，你害怕吗？"

"嗯……有点儿害怕。爸爸，不过，你不要害怕，我会保护你的！"

"你怎么保护我？"

"我……我来背你回家！如果你摔破皮了，我来帮你搽红药水。"

"谢谢你，小凡！不过，爸爸如果真的走不动了，你恐怕还背不动我呢！"

"我能！我拼命背！"

"小凡，你自己去活动一会儿吧！"

"不，我再也不一个人乱跑了！"

"去吧，该活动的时候还得活动，否则，你会变成小胖子的。"

"不。今天我不跑了。爸爸，我陪你一起散步吧！"

这天夜晚，小凡变成了一个安静文雅的孩子，我们俩手拉手，慢慢走遍了整个公园……

儿子，谢谢你给了我这样一个意外，这样一段宁静美好的时光。

致大雁

致大雁

一

在澄澈如洗的晴空里，你们骄傲地飞翔……

在乌云密布的天幕上，你们无畏地向前……

在风雨交加的征途中，你们欢乐地歌唱……

秋天——向南，春天——向北……

仰起头，凝视你神奇的雁阵，我总会有一阵微微的激动，有许多奇妙的联想，有一些难以解答的疑问……

大雁啊，南来北往的大雁，你们愿意在我的窗前

146

小作停留，和我谈谈么？

二

有人说你们怯懦——

是为了逃避严寒，你们才赶在第一片雪花飘落之前，迎着深秋的风，匆匆地离开北国，飞向南方……

是为了躲开酷暑，你们才赶在夏日的炎阳烤焦大地之前，浴着暮春的雨，急急地离开南方，飞向北国……

是怯懦么？

为了这一份"怯懦"，你们将飞入漫长而又曲折的征途，等待你们的，是峻峭的高山，是茫茫的森林，是湍急的江河，是暴风骤雨，是惊雷闪电，是无数难以预料的艰难和险阻……然而你们起程了，没有半点迟疑，没有一丝畏缩，昂起头颅，展开翅膀，高高地飞上天空，满怀信心地遥望着前方……

是什么力量，驱使你们顽强地做着这样的长途飞行？是什么原因，使你们年年南来北往，从不误期？

是曾经有过的山盟海誓的约会么？

是为了寻找稀世的珍宝么？

告诉我，大雁，告诉我……

三

如果可能，我真想变成一片宁静的湖泊，铺展在你们的征途中。夜晚，请你们停留在我的怀抱里，我要听听你们的喁喁私语，听你们倾吐遥远的思念和向往，诉说征程中的艰辛和欢乐……

如果可能，我也想变成一片摇曳着绿荫的芦苇荡，欢迎你们飞来宿营。也许，当我温柔的绿叶梳理过你们风尘仆仆的羽毛，掸落你们翅膀上的雨珠灰土之后，你们会向我一吐衷肠，告诉我许多不为世人所知的隐秘和奇遇……

当然，我更想变成你们中间的一员，变成一只大雁。我要紧跟着你们勇敢的头雁，看它是如何率领着雁阵远走高飞的。我要看看——

在扑面而来的狂风之中，你们是如何尖厉地呼号着，用小小的翅膀，搏击强大的风魔……

在倾盆而下的急雨之后，你们是如何微笑着抖落满身水珠，重新蹿入云空……在突然出现的秃鹫袭来之时，你们是如何严阵以待，殊死相搏……

我要看看，在你们的战友牺牲之后，你们是如何痛苦地徘徊盘旋，如何伤心地呜咽悲泣……也许，你们会允许我和你们一起，围着那至死仍作展翅高飞状的死者，洒下一行崇敬的眼泪……

四

猛烈凶暴的飓风和雷电，曾经使你们的伙伴全军覆没。在进行了悲壮的搏斗后，天空里一时消失了你们的队列，消失了你们的歌声；广阔无垠的原野上，撒满了你们的羽毛；奔腾起伏的江河里，漂浮着你们的躯体……

我知道你们曾悲哀，你们曾流泪，然而你们会后悔么？你们会因此而取消来年的旅程，因此而中断你们的追求么？

　　不会的！不会的！

　　当春风再度吹绿江南柳丝的时候，你们威严的阵容，便又会出现在辽阔的天幕上，向北，向北……

　　当秋风再度熏红塞外柿林的时候，你们欢乐的歌声，便又会飘漾在湛蓝的晴空里，向南，向南……

　　你们怎么会后悔呢！你们的追求，千年万载地延续着，从未有过中断！

　　我想象着你们刚刚啄破蛋壳的雏雁，当你们大张着小嘴嗷嗷待哺的时候，也许就开始聆听父母叙述那遥远的思念，解释那永无休止的迁徙的意义了。而当你们第一次展开腾飞的翅膀，父母们便要带着你们去长途跋涉……

　　我想象着你们耗尽了精力的老雁，当秋风最后一次抚摸你们衰弱的翅膀，当大地最后一次向你们展示亲切的面容，当后辈们诀别你们列队重上征程，你们大概会平静地贴紧了泥土，安心地闭上眼睛的——你们是在追求中走完了生命之路啊！

大雁，渺小而又不凡的候鸟家族啊，请接受我的敬意！

五

雁阵又出现在湛蓝的晴空里。

我站在地上，离你们那么遥远，然而我觉得离你们很近。我的思绪，常常会跟着你们远走高飞……真的，我真想像你们一样，为了心中的信念，毕生飞翔，毕生拼搏。

溺水的树

湖水不知在哪年哪月漫上来，淹没了湖畔的一小片杨树林。说是树林，其实只有五棵杨树，其中两棵合抱粗的老杨树，两棵大碗口粗的年轻的树，还有一棵拳头粗的小树。这像是祖孙三代人组成的一个和睦的家庭。它们曾经一起擎着青翠的树冠，组合成一片葱茏蓊郁的树林，一片浓绿的云。鸟儿曾在它们的枝叶间筑巢，游人曾在它们的阴凉中憩息，坐在树下远眺湖波，平静的心儿便会帆影一般漂向湖中……

湖水不知在哪年哪月漫上来，淹没了这个杨树之家。这五个溺水者，终于无法挣脱湖水的包围，默默地死去。我看见的是它们的尸体！

它们像生前一样站立着，只是没有了绿叶，没有了葱茏的树冠，只剩下光秃秃的树干，只剩下那些不肯倒下的骨骼。这是些倔强的骨骼，它们的形状奇特得使我惊讶。它们粗壮的身躯扭曲了，似乎是侧着身子，弯着腰，或者是举首仰天作呼号状。而那些枝枝杈杈也生得奇怪，像是冲冠怒发，又像是许许多多曾拼死用劲的手臂，抽搐着凝滞在空中。它们互相倾斜着，却保持着距离，只有几根枝条的梢梢缠在一起。

于是我似乎看见了这个杨树之家覆灭前的惨状。当湖水侵略它们的家园之后，它们抵抗过，搏斗过，挣扎过。这是无声的绝望的搏斗，它们想挣脱湖水，它们拼命扭动躯干，拼命挥舞臂膀，湖水却没有退下去。我也能想象那些看不见的根，它们曾在地底下顽强地向四面八方伸展，试图冲破水的浸漫，然而到处是水，到处是水、水、水，使生命欢乐也使生命窒息的水呵……

你看两株老树，一起向那棵小树弯下了身子，那些扭曲的枝条也缠住了小树的枝条……这情景震撼着我的心灵。也许已自知断绝了生路，两位老前辈同时把最后一线希望寄托在小树身上，但愿它能躲开死神的魔掌！而那两棵年轻的树，互相吸引着，像一对恋人——或者是夫妻，想在离开这个世界之前作最后的依偎……

五棵树终于都未能躲开死神。它们怏然相望着，听凭着绿叶一片片飘落在湖水中……它们临死前的形象却留了下来。

艺术家的雕刀，能镂刻出如此悲壮的塑像么？

造就了这出悲剧的湖水，依然优美地、若无其事地流淌着。风平浪静的水面不见了一丝涟漪，那五棵杨树的影子，便清晰地倒映在水里，几条梭子鱼在树影里游动，水中的树似乎活了起来……

秋天的树

秋风在大地上游荡。夏日的酷暑像一群惊慌失措的野兽，在悄然而至的秋风里一哄而散，逃遁得不知去向。

秋天是我最喜欢的季节。年轻时代生活在乡村的那几年，我真正理解了成熟、收获和秋天的关系。在高旷澄澈的蓝天下，等待收割的稻田金浪起伏，长江边的芦花银波荡漾，迁徙的雁群排着整齐的队伍飞向远方，天地之间回荡着它们的鸣唱……这是无比美妙的景象。在城市里，看不到成熟的秋林和原野，也闻不到成熟的果实和稻谷的清香，你只能从气温的变化中感觉秋天。高楼大厦一年四季以不变的姿态屹立在你的视野里，它们绝不会因季节的变化而有所动。

好在城市里有树。树，向城里的人们报告着秋天的消息。

从我书房的那扇北窗中望出去，能看到三棵树，一棵泡桐，一棵月桂，还有一棵梧桐。种树的院子是别人的，但是这并不妨碍我欣赏它们。也许，在一年四季中，吸引我的目光时间最多的是这几棵树。在休息的时候，在思索的时候，我总是凝视着窗外，欣赏它们婀娜多姿的绿色身影。它们向我展现着生命轮回的过程，向我昭示着自然和兴衰起伏的生机，使我联想起我在大自然中曾经有过的种种美妙经历。春天，它们最早把清新的绿色送入我的眼帘。泡桐树还会开出一树淡紫色的花，使我感受到生命的蓬勃和多彩。夏天，它们用浓浓的绿荫遮挡炎阳，在酷暑中带给我些许清凉。这三棵树，引来了很多飞鸟，每天早晨，都能听到鸟在树荫中快乐地唱歌。此刻，风中不时飘来淡淡的清香，那是桂花的芬芳。抬头看窗外，高大的泡桐树叶开始发黄。那棵稍矮一些的月桂正在开花，金黄色的桂花被树荫遮挡着，看不真切，然而微风把它们的清香传送得很远。风紧的时候，会有几片树叶掉下来，就像几只硕大的蝴蝶，在空中优美地闪动着金黄色的翅膀，忽上忽下悠然飘旋……

我知道，随着秋风的加剧，随着气温的下降，很多大树的绿叶会枯黄，会从枝头脱落。然而这并不意味着衰亡和没落。冬天，那些常青的树木依然用绿色证明着它们的存在。而那些脱尽了树叶的树木，同样使我感觉到生命的顽强。在寒风和霜雪中，光秃秃的枝杈就像无数伸向天空的手臂，它们似乎是想拥抱什么，召唤什么。凝望这些冬天的树，我的心里不会有枯萎的联想。冬天是无法消灭这些树木的，等春风一来，它们马上会萌芽长叶，把绿色的春的消息传遍人间。苏东坡说："寒暑不能移，岁月不能败者，惟松柏为然。"我想，这松柏，应该是所有树木的代称。

是的，此刻，我想为树，为这些人类的朋友说几句感激的话。它们默默地屹立在我们身边，给我们绿，给我们宁静，给我们清新的空气，却从来不会要人类回报它们。在这个世界上，树是人类最重要最可靠的朋友，我们理应对它们满怀感激之心。在我们这个城市里，有不少年龄比我们上一代的老人们还要老的大树，它们目睹这座城市的沧桑变迁，也把自己的生命奉献给了这座城市。它们不但没有使我们的城市变得衰老，还使一代又一代人从它们身上感受到生命的活力。我们的城市因为它们而显得年轻。树是沉默的，面对自然，它们坚忍顽强，生机勃勃。然而面对人类的摧残，它们却无可奈何，只能逆来顺受。十多年前，我曾经写过文章，为城市里的那些大树担忧。为了修路造楼房，很多大树被砍伐，这是忘恩负义的蠢举。我曾经担心我们这个城市最终将会变成一片没有绿色的水泥森林。现在，人们终于认识到树的重要，体会到树的可亲可近和可敬。最近，听说上海市政府已经决定在全市广栽大树，这消息使我感到欣慰。我想，那些沉默的树，它们也会高兴的。

很久以前，读过一位四川诗人的诗集，书名是《伐木声声》，诗人用一种豪迈骄傲的态度对砍伐大树、毁灭森林的行动大唱赞歌。长江流域的森林，就是在这样的赞歌声中消失的。这样的诗，现在再读，当然是触目惊心了。在写这篇文章的时候，我的书桌上也有一本旧诗集，作者是 19 世纪的法国人拉科姆。其中有一首诗，题为《栽树》，我忍不住要把它抄在这里：

谁栽下了树，谁就栽下了希望。

正如人的生命，必须

扎根于时间的泥土

才能爬向上帝的天堂。

小树啊，谁能预料

长大后，它们将会多么壮观。

囚蚁

　　童年时曾经认为世界上所有的动物都可以由人来饲养，而且所有的动物都可以从小养到大，就像人一样，摇篮里不满一尺长的小小婴儿总能长成顶天立地的大巨人，连蚂蚁也不例外。在儿歌里唱过"小蚂蚁，爱劳动，一天到晚忙做工"，所以对地上的蚂蚁特别有好感，常常趴在墙角或者路边仔细观察它们的活动，看它们排着队运食物、搬家，和比它们大无数倍的爬虫和飞虫们作战……大约是五岁的时候，有一天我和妹妹忽发奇想：为什么不能把蚂蚁们放到玻璃瓶里养起来呢？像养小鸡小鸭那样养它们，给它们吃，给它们喝，它们一定会长大，长得比蟋蟀和蝈蝈们还要大。

这件事情并不复杂。找一个有盖子的玻璃药瓶，然后将蚂蚁捉到瓶子里，我们一共捉了15只蚂蚁，再旋紧瓶盖。这样，这15只蚂蚁便有了一个透明整洁的新家。我和妹妹兴致勃勃地观察着蚂蚁们在瓶子里的动静，只见它们不停地摇动着头顶的两根触须，急急忙忙地在瓶子里上下来回地走动，似乎在寻找什么。我想它们大概是饿了，便旋开瓶盖投进一些饭粒，可它们却毫无兴趣，依然惊惶不安地在瓶里奔跑。它们肯定在用它们的语言大声喊叫，可惜我听不见……第二天早晨起来，第一件事情就是看玻璃瓶里的蚂蚁。只见那15只蚂蚁横七竖八躺在瓶底下，安安静静地一动也不动，它们全都死了。我和妹妹很是伤心了一阵，想了半天，得出结论：是因为药瓶里不透气，蚂蚁们是闷死的。（现在想起来，更可能是瓶里的药味使小蚂蚁们送了命。）

原因既已找到，新的办法便随之而来。我找来一只火柴盒子，准备为蚂蚁们做一个新居。怕它们再闷死，我命令妹妹用大头针在火柴盒上扎出一些小洞眼，作为透气孔。当时已是深秋，天气有些冷，于是妹妹又有了新的担忧："火柴盒里很冷，小蚂蚁要冻死的！"对，想办法吧。在妹妹的眼里，我这个比她大一岁的哥哥是无所不能的。我果然想出办法来：从保暖用的草饭窝里抽出几根稻草，用剪刀将稻草剪碎后装到火柴盒里，这样，我们的蚂蚁客人就有了一个又透气又暖和的新窝了。我和妹妹又抓来一些蚂蚁关进火柴盒里，还放进一些饼干屑，我们相信蚂蚁们会喜欢这个新家。遗憾的是不能像玻璃瓶一样在外面可以观察它们了。但可以用耳朵来听，把火柴盒贴在耳朵上，可以听见它们的脚步声。这些窸窸窣窣的声音极其轻微，必须在夜深人静时听，而且要平心静气地听。在这若有若无的微响中，我曾经有过不少奇妙的遐想，我仿佛已看见那些快乐的小蚂蚁正在长大，它们长出了美丽的翅膀，像一群威风凛凛的大蟋蟀……

然而我们的试验还是没有成功。不到两天时间，火柴盒里的蚂蚁们全都逃得无影无踪。我也终于明白，蚂蚁们是不愿意被关起来的，它们宁可在墙角、路边和野地里辛辛苦苦地忙碌搏斗，也不愿意在人们为它们设置的安乐窝里享福。对它们来说，没有什么比自由的生活更为可贵。

会思想的芦苇

最近回到我曾经"插队落户"的故乡，一下船，就看到了在江堤上迎风摇曳的芦苇。久违了，朋友！

芦苇，曾经被人认为是荒凉的象征。然而在我的心目中，这些随处可见的植物，却代表着美丽自由的生命，它们伴随我度过了艰辛的岁月。

从前，芦苇是崇明岛上一种重要的经济作物。芦苇的一身都有经济价值。埋在地下的嫩芦根可解渴充饥，也可入药。芦叶可以包粽子，芦叶和糯米合成的气味，就是粽子的清香。芦花能扎成芦花扫帚，这样的扫帚，城里人至今还在用。用途最广的，是芦苇秆，农民用灵巧的手，将它们编织成苇帘、苇席、芦筐、箩筐、簸箕，盖房子的时候，芦苇可以编苇墙，织屋顶。很多乡民曾经以编织芦苇为生，生生不息的芦苇使故乡人多了一条活路。我在崇明"插队"时，曾经和农民一起研究利用地下的沼气来做饭。打沼气灶，也用得上芦苇。我们先在地上挖洞，再将芦苇集束成捆，一段一段接起来，扎成长十数米的芦把，慢慢地插入洞中，深藏地下的沼气，会沿着芦把的空隙升上地面，积蓄于土灶中，只要划一根火柴，就能在灶口燃起一簇蓝色的火苗，为贫困的生活增添些许温馨。在我的记忆中，这是一件无比奇妙的事情。

在艰苦的"插队"生涯中，芦苇给我的抚慰旁人难以想象。我是一个迷恋自然的人，而芦苇，正是大自然馈赠给人类的美妙礼物。在被人类精心耕作的田野中，几乎很少有野生的植物连片成块，只有芦苇例外。没有人播种栽培，它们自生自长，繁衍生息，哪里有泥土，有流水，它们就在哪里传播绿色，描绘生命的坚韧和多姿多彩。春天和夏天，它们像一群绿衣人，伫立在河畔江边，我喜欢看它们在风中摇动的姿态，喜欢听它们应和江涛的簌簌絮语。和农民一起挑着担子从它们中间走过时，青青的芦叶掸我衣，拂我脸，那是自然对人的亲近。最难忘的是它们开花的景象，酷暑过去，金秋来临，风一天凉似一天，这时，江边的芦苇纷纷开花了，那是一大片皎洁的银色，在风中，芦苇摇动着它们银色的脑袋，在江堤两边发出深沉的喧哗，远远看去，犹如起伏的浪涛，也像浮动的积雪。使我难忘的是夕照中的景象，在绚烂的晚霞里，银色的芦花变成了金红色的一片，仿佛随风蔓延的火苗，在大地和江海的交界地带熊熊燃烧。冬天，没有被收割的芦苇身枯叶焦，在风雪中显得颓败，使大地平添几分萧瑟之气。然而我知道，芦苇还活着，它们不会死，在冰封的土下，有冻不僵的芦根，有割不断的芦笋。只要春风一吹，它们就以粉红的嫩芽，以翠绿的新叶为人类报告春天的消息。冬天的尾巴还在大地上扫动，芦笋却倔强地顶破被严霜覆盖的土地，在凛冽寒风中骄傲地伸展开它们那柔嫩的肢体，宣告冬天的失败，也宣告生命又一次战胜自然强加于它们的严酷。我曾经在日记中写诗，诗中以芦苇自比。帕斯卡说："人是一棵会思想的芦苇。"这比喻使我感到亲切。以芦苇比人，喻示人的渺小和脆弱，其实，可以作另义理解，人性中的忍耐和坚毅，恰恰如芦苇。在我的诗中，芦苇是有思想的，它们面对荒滩，面对流水，面对南来北往的候鸟，舒展开思想之翼，飞翔在自由的天空中。我当年在乡下所有的悲欢和憧憬，都通过芦苇倾吐了出来。

我曾经担心，随着崇明岛的发展和进步，岛上的芦苇会渐渐消失。然而我的担心大概是多余的，只要泥土和流水还在，只要滩涂上的芦根还在，谁也无法使这些绿色的生命绝迹。我的故乡，也将因为有芦苇的存在而显得生机勃发，永葆它的天生丽质。这次去崇明，我专门到堤岸上去看了芦苇。芦苇还和当年一样，在秋风中摇晃着银色的花朵。那天黄昏，我凝视着落霞渐渐映红那一大片芦花，它们在天地之间波浪起伏，像涌动的火光，重又点燃我青春的梦想……

绿色的宣言

一

戈壁滩。戈壁滩。戈壁滩……

世界上，仿佛只剩下了渺无际涯的戈壁滩。一大片一大片灰黄单调的色彩，在车窗里向后倒退，向天边延伸，遥远的天边，起伏着寸草不生的秃山，那暗红的色泽和奇特的形状，竟使人联想到了月球和火星……

荒凉、贫瘠、寂寥——这些令人发怵的字眼，似乎就是专门为戈壁滩创造的。

灰黄中，突然闪出几星浅绿！尽管绿得可怜，却使我的眼睛发亮了。在这片无边无际的荒滩上，原来也有生命。星星点点的，绿色在不断地闪烁，它们改变了戈壁滩的可怕的形象。

这些奇怪的绿色是什么呢？

"是刺楖子。"一位饱经风霜的旅伴告诉我。

二

刺楖子。刺楖子。刺楖子……

我踏上茫茫的戈壁滩，我要认识这些奇怪的绿色。我终于看清了它们。

在冒着青烟的沙砾中，在龟裂的土壤里，在那些不知从哪里飞来的大石块下，它们蓬蓬勃勃地生长着，纤长的枝条，无拘无束地向四面八方伸展，枝条上绿色的利刺和小圆叶，骄傲地在烈日和热风中摇曳……

哪里有戈壁滩，它们就在哪里出现，不管风沙多么狂暴，不管炎阳多么严酷，它们顽强地在荒芜中绽吐着给人以希望的色彩，透露出生命的信息。

我惊讶了——在这生命绝迹的旱漠荒野上，它们怎么能生存下来呢？该不会有什么特异功能？

我想从沙砾中拔出一棵来，费尽气力，未能得逞，利刺却戳破了我的手……

哦，这倔强的小生命，把根扎得那么深！

三

我看见它们在骄傲地微笑，我听见它们在骄傲地唱歌。面对广阔而又无情的大戈壁，它们能不骄傲么！

它们在用那星星点点的绿色向世界宣告：生命，是无法战胜的！来，沿着它们的足迹向荒漠进军吧，前方，一定能找到绿洲……

寻『大红袍』记

"'大红袍'在哪里？"

"沿着小路一直走，见岔道时只管往右拐。"

"远不远哪？"

"说远也远，说不远也不远。诚心去看，还怕找不到！"

从天游峰后山下来，我们在一个岔道口问路。为我们指路的是一位在山上耕作着一块巴掌大土地的老人。他三言两语回答了我们的问题，用手指了指远方，便埋头翻地，再也不理睬我们。

远方，只见丛生的杂树野草，在风中不安地摇晃，危岩交错，峰峦重叠，轻纱似的云雾从山坳中袅袅飘起，使眼帘中的一切都变得若游若定，似有似无……"大红袍"在哪里呢？

"大红袍"，是武夷山中的几棵名扬四海的茶树。听说这几棵茶树从清朝开始就被人们誉为"茶中之王"，每年采制加工的不多几斤茶叶，全都要进贡到朝廷里，供帝王贵族消受。到武夷山来的人，一定要去看看这几株茶树，一是为了它们奇怪的名字，二是为了它们的珍贵。

路不好走。尺把宽的小径，曲曲弯弯地在野草和乱石之中蜿蜒，藤蔓、荆棘、野蔷薇，不时牵衣绊脚，胳膊和脚踝上，被划出了一条条血印。有时候野草太茂盛，杂色的草叶枝条把崎岖的路面掩盖得严严实实，只能用脚在野草底下试探着前进，真担心突然踏进什么陷阱或者踩到一条斑斓的毒蛇……

陷阱和毒蛇倒是没有遇到，路，却越来越难走了。

一堵森然的峭壁挡住了去路。峭壁，像一个沉默

173

的庞然大物镇守在前方。似乎是无路可走了！走到绝壁前，方才发现有路，那是峭壁中间一道窄窄的缝隙，仿佛是谁用一把巨斧劈出来的裂口。走到绝壁之间举头仰望，天空犹如一条蓝色的溪涧，在头顶上游动。走到峡口，天地豁然开朗，从峡中流出的溪涧，也欢快地袒露了自己活泼的形象，淙淙作响的水声，竟然化作一阵阵清脆的笑声。走出几步，才看清楚了，一条清澈明净的小溪边，三个少女正在一边说笑一边洗衣服，花花绿绿的衣服在透明的泉水里漂动……这不见人烟的深山里，哪里冒出三个乐呵呵的少女来？举目四顾，但见前方的树荫里，露出几片青灰色的屋脊——这里，居然也有人家！

　　见到我们，洗衣少女丝毫没有露出惊奇的表情。我们却无法掩饰自己的好奇，忍不住问道："在山里，你们干什么呢？"少女们脸红了，互相望了一眼，低着头吃吃地笑起来。其中一个年纪稍大一些的抬起头回答我们："靠山吃山嘛！我们种茶。"

种茶！茶树在哪里？

少女见我们诧异，又笑了："喏，往高处看，茶树在山上。"

高处，只有云雾在缭绕。

"'大红袍'在什么地方？"我们异口同声地问。

"还要往前走。'大红袍'在山里面。"年长的少女答道。

山里面，这实在是一个不甚明确的概念。于是我又问："离这里远不远？"

"说远也远，说近也近。找'大红袍'得有点儿耐心呢。"少女微笑着回答。这话，竟和天游峰下那位老人的话差不多。

我们继续赶路，凡是遇到岔路口，我们一概往右拐，老人的指点是无可怀疑的。山的深度仿佛无穷无尽，小路永远在那里盘旋蜿蜒……

路，越来越窄。在一片野苇丛生的积水潭前，路终于中断了。我们高声喊着，竟然连回声也没有，只有懒洋洋的风，轻轻拂动着水潭里的野苇，发出一片沙沙之声，像是在嘲笑我们。

别无他法，只能原路折回。我们小心地拨开挡路的茅草，寻找着自己的脚印，一步一步地往回走。"大红袍"，看来今天我们和你没有缘分了……

到了一个三岔路口。何去何从？我们犹豫着。无意之中，突然在茅草丛中发现一块木牌，木牌上歪歪扭扭写着一行字："看'大红袍'由此向前。"字下面是一个粗黑的箭头，赫然指着左边那一条小路。柳暗花明，"大红袍"在向我们招手了！

"大红袍！"同伴们大叫起来。路边的一块石碑上，刻的正是这三个字。然而附近并没有什么令人瞩目的景物，峭壁上，有一个凸出的小石座，石座里，蹿出几株平平常常的茶树，暗灰色的树干，斜生出许多弯弯曲曲的枝条，长圆形的叶片绿得很浓，近乎是墨绿了。这几株貌不出众的茶树，就是名扬四海的"茶中之王"么？历尽曲折寻觅了大半天，找到的竟是这样几棵树，真有点儿令人失望。

离茶树不远的山坡上，有一座简陋的大木楼，木楼门口挂一块写着"茶"字的木牌，一个瘦瘦的老人站在门口朝我们微笑。我突然感觉口干舌燥。我们走到茶楼门口时，老人已经满满地斟好了几大碗茶在屋里等着："喝一碗吧，尝尝这山里的清香。"他笑着招呼我们，态度诚恳而又亲切。茶，呈黄绿色，并不见得很清，然而有异香袅袅飘起……

我啜了一小口。茶味稍带苦涩，然而有一股浓浓的、特殊的香味，咽下去之后，只觉得满口清芬，神志为之一爽。果然是好茶！我们在木楼门口坐下来，解开汗湿的衣衫，回头望着那条云缠雾绕的来路，一小口一小口地啜着碗里的茶。渐渐地，疲乏烟消云散了，只有那一股浓郁清醇的幽香，沁人肺腑，使整个身心都沉醉在一种清幽高雅的气氛中。走这么多路，我们不就是为了来寻这馨香的吗！"大红袍"的价值，不在于它的外貌，而在于它的内涵，人们向往它，推崇它，是因为它独具风格的芬芳。此刻，当寻求的目标浓缩成一碗香茶，静静地抚慰着疲倦的身心时，我们真正品尝到了追求者的欢乐。

看我们小心翼翼地啜着碗里的茶，老人在一边嘿嘿地笑了："敞开肚子喝吧，有的是茶呢！"他一边用一把瓷壶为我们斟茶，一边慢悠悠地说："只要山泉不枯，只要茶树不死，不愁没茶喝。"

"这茶，为什么这样好？"我问。

"靠了这山的灵秀，靠了这石缝里渗出的泉水，也靠了人的侍弄。"老人的回答简洁而又明了。

"为啥要叫它'大红袍'呢？"我又问。

"这树上的叶片，刚发芽时是红色的。早春时节，满树红彤彤的嫩叶，还真像大红袍呢。"他的回答，依然简洁明了。

"种这树，怕不容易吧？"

老人笑了笑，没有立即回答，只是有劲地搓着一双粗糙结实的手。过了一会儿，他才说："一年到头住在山里，也弄惯了，没什么。种茶，总得花工夫。这'大红袍'还算好。听说过'半天妖'么？"他指了指远方隐匿在云里雾里的山峰。"在绝顶上，种茶人上山，得像爬山虎一样顺着窄窄的石罅爬上去，登天一样哩！"说罢，他从屋角抄起一把鹤嘴锄走出门去。去没几步，又回头叮嘱我们："你们，慢慢品茶吧。"

不知怎的，我们都脸红了。茶的清香依然不绝如缕，无声无息地熏陶着我们。很自然地，想起范仲淹的两句诗来：

不如仙山一啜好，

泠然便欲乘风飞。

图书在版编目（CIP）数据

给母亲打电话 / 赵丽宏著. -- 武汉：长江文艺出
版社，2021.12（2024.10 重印）
（赵丽宏给孩子的美文：名师导读版）
ISBN 978-7-5702-2304-6

Ⅰ．①给… Ⅱ．①赵… Ⅲ．①散文集－中国－当代
Ⅳ．①I267

中国版本图书馆 CIP 数据核字 (2021) 第 160760 号

责任编辑：马菱莪　　　　　　　　责任校对：毛季慧
封面设计：柴拾叁号　　　　　　　责任印制：邱　莉　　胡丽平

出版：长江出版传媒｜长江文艺出版社
地址：武汉市雄楚大街 268 号　　　邮编：430070
发行：长江文艺出版社
http://www.cjlap.com
印刷：湖北新华印务有限公司

开本：880 毫米×1240 毫米　　1/32　　印张：5.625　　插页：10 页
版次：2021 年 12 月第 1 版　　　2024 年 10 月第 8 次印刷
字数：70 千字

定价：28.00 元